GLÒRIA ARIMON

# CUENTOS DE BAGDAD

*Colección* Ursa Maior

Cuentos de Bagdad
1.ª edición, 2011.

© 2007, 2011, Glòria Arimon Ventura
© 2007, 2011, *Alí Babà,* Glòria Arimon Ventura y Josep Lorman Roig
© de esta edición: ICG Marge, SL
Ilustraciones del interior y la cubierta: Helena Ruiz
Fotografía de la cubierta: Glòria Arimon Ventura

*Edita:* Marge Books
València, 558 – 08026 Barcelona
Tel. 931 429 486 – marge@margebooks.com
www.margebooks.com

*Director:* David Soler
*Gestión editorial:* Hèctor Soler, Anna Palacios
*Edición:* Beatriz García
*Compaginación:* Mercedes Lara
*Impresión:* Safekat, SL (Madrid)

ISBN edición impresa: 978-84-15340-17-1
ISBN edición digital: 978-84-17903-99-2
Depósito Legal: B-32.472-2011

# GLÒRIA ARIMON
con la colaboración de Josep Lorman

# CUENTOS DE BAGDAD

*Con la colaboración de:*

**MARGE** BOOKS

*Nota*

Este libro ha sido editado en: catalán, castellano, euskera, inglés-árabe, catalán-árabe, castellano-árabe y euskera-árabe.

Véase www.marge.es para ampliar información sobre Irak y recoger propuestas para el profesorado que desee trabajar en clase la problemática que vive este país. Los materiales que se encuentran en el sitio web incluyen enlaces de internet y temas de lengua (un pequeño vocabulario, frases hechas...), seguidos de ejemplos de diferentes costumbres y tradiciones que sirven para trabajar y compararlas con las nuestras y, finalmente, una serie de sugerencias para hablar y debatir sobre los valores y la actualidad en Irak.

# ÍNDICE

*Han encadenado las olas del Tigris.*
*¿Cómo soñaremos a partir de hoy con los viajes?*
*¿A qué isla iremos?*

Sargon Bulus (poeta iraquí)

# INTRODUCCIÓN

Las narraciones que os presentamos en este libro se centran en tres personajes de *Las mil y una noches*.

Los relatos de *Las mil y una noches* tienen orígenes diversos. Pueden reunirse en cuatro grupos. El primero recoge los cuentos más antiguos, que provienen de la India; el segundo, los de origen persa; el tercero incluye las narraciones de carácter islámico que transcurren en Irak, y, finalmente, hay un cuarto grupo de narraciones que se sitúan en Egipto. Existen testimonios escritos en árabe que datan del siglo IX. En el año 1704 Antoine Galland publicó el primer volumen traducido, que, de este modo, se dio a conocer al público europeo, con gran éxito, por cierto. Por eso mismo, en el siglo XIX se incorporaron nuevos relatos, como *Simbad el Marino,* y más adelante, algunos cuentos que habían circulado aparte, como los de *Alí Babá y los cuarenta ladrones* y *Aladino y la lámpara maravillosa.*

La historia de *Las mil y una noches* comienza cuando el soberano de Bagdad, el cruel rey Sahriyar, descubre que su esposa le engaña con otro hombre. Furioso, decide que cada día llevará una joven virgen y de casa noble a su cama y al amanecer la asesinará. El personaje central de los cuentos es Scherezade, hija de un visir, que se propone acabar con esta matanza de jóvenes. Se ofrece voluntaria para reunirse con el rey y cada noche le explica un cuento, que deja inacabado antes del alba. De esta manera, el rey no osa matarla porque quiere saber cómo acaba la historia, y para ello, debe esperar la llegada de la siguiente noche. Los relatos tratan temas muy diversos: amorosos, fantásticos, de intriga, de caballería y de aventuras.

Los relatos de *Simbad, Alí Babá* y *Aladino* se añadieron a los relatos iniciales, y los hemos situado en el Irak actual, porque el territorio de este país coincide, en parte, con lo que se conocía en la antigüedad como Mesopotamia, situado entre los ríos Tigris y Éufrates, que desembocan en el golfo Pérsico. Hace más de 5.500 años, en aquellas tierras, se inventó una de las primeras formas de escritura. En 1990, las primeras instalaciones que estadounidenses y británicos bombardearon cuando atacaron Irak fueron las fábricas de papel. Naciones Unidas prohibió que se comprara fuera y que entraran piezas de recambio de artes gráficas y de imprenta. Asimismo, prohibió la utilización de lápices para escribir, argumentando que el grafito que contenían podía tener un uso militar.

A lo largo de la historia, jóvenes de todo el mundo han vivido aventuras y amores en lugares muy diferentes de donde vivimos nosotros. Todos tenían en común las ganas de aprender, de jugar, de pasárselo bien, de amar... La vida de los jóvenes de Irak hace años que no puede ser como cualquiera de las nuestras, a causa de las guerras, primero provocadas por el dictador que gobernaba el país y después por la ocupación de Estados Unidos. Durante los primeros años de ocupación murieron cientos de miles de personas, la tercera parte de ellos menores de edad, y uno de cada ocho habitantes ha abandonado su casa o huido del país.

Bagdad, la capital, no tiene mar, por eso, la salida al golfo Pérsico se lleva a cabo por Basora, la ciudad que hay al sur, después de que los ríos Tigris y Éufrates se hayan unido. En aquella ciudad, antes de la ocupación, había una escultura en una calle que representaba a Simbad mirando el mar. En Bagdad, en una gran plaza, una serie de esculturas representaban a Alí Babá y a los ladrones. El pasado de sus personajes legendarios está presente por todo el país.

En el año 2002, en Basora, conocí a dos chicos que trabajaban de limpiabotas; por las mañanas trabajaban y por las tardes asistían a clase. Me dijeron que eran felices. Desde la distancia, los he recordado a menudo, igual que los paisajes de Irak: el desierto, los pantanos, las costas, las ruinas de antiguas civilizaciones..., y, sobre todo, las miradas de los jóvenes en las calles. Todos querían vivir y ser felices, como los personajes de los cuentos de hace siglos. Y dado que no puedo ni quiero olvidar, un día cerré los ojos y comencé a imaginarme a los héroes de antaño, Simbad, Alí Babá y Aladino, con los rostros, las ropas y los problemas de los jóvenes del Irak actual. Así surgieron estos cuentos: tienen las miradas de los limpiabotas, de las niñas y los niños que jugaban en el patio de las mezquitas, de los que estudiaban en la escuela o de los que se recostaban en las camas de los hospitales.

Los relatos de *Las mil y una noches* representan el triunfo del arte y de la cultura sobre la barbarie porque, finalmente, el rey, después de tantas noches escuchándolos, perdona la vida de Scherezade. Por medio de la palabra, se ha dado un giro de 180 grados a la realidad. Nos gustaría que estos CUENTOS DE BAGDAD también nos ayudaran a entender que la palabra y la razón son las únicas armas que debemos utilizar en los conflictos. Lo que actualmente sucede en Irak lo vemos por televisión prácticamente en directo, con el peligro que comporta que nos acostumbremos al dolor de los demás y nos volvamos inmunes al sufrimiento y a la muerte ajenos. Esperemos que la lectura de estos cuentos, sumados a la fantasía, nos ayude a recuperar la realidad. Los jóvenes y los adultos podemos cambiar las cosas. Todo depende de nosotros.

*Glòria Arimon*

# SIMBAD

EL lugar donde confluían los ríos Tigris y Éufrates era tan hermoso, que se dice que allí había existido el paraíso terrenal. El agua corría por todas partes, en forma de ríos, riachuelos, canales y estanques. En medio había árboles frutales de toda clase: albaricoqueros, naranjos, manzanos, perales…, y, sobre todo, palmeras de largos troncos con copas de las que colgaban gajos de dátiles gordos y dulces. Tampoco faltaba ganado: caballos, burros, cabras, corderos, también había gatos, murciélagos… En este punto de confluencia de ambos ríos había un pequeño poblado, Al Qurna. A partir de allí se formaba el río Chatt el-Arab, que un centenar de quilómetros más allà, al sur, desembocaba en el golfo Pérsico. Este río de aguas profundas permitía que grandes barcas llegaran desde el mar.

En el año 637, entre canales de agua y palmerales, un califa fundó una ciudad que, en poco tiempo contó con miles de habitantes: Basora. Descendiendo río abajo, tenían el mar cerca, de modo que construyeron un puerto, Um Qasar, donde amarraban las embarcaciones para ir a pescar, y, sobre todo, para navegar. En pocos años, aquellos hombres llegaron hasta China. Navegaban más allá de los confines que se veían, descubrían nuevos horizontes, mundos diferentes, colores y sabores, miradas, lenguas y amores.

Muchos siglos después, en Basora vivía un joven alto y de piel morena que se llamaba Simbad, de ojos grandes y redondos y con los cabellos negros y rizados. Hamid, un tío suyo, seco y arrugado por los años, lo había recogido cuando su madre murió en el parto de su segundo hijo. Su padre había muerto hacía sólo unos meses de unas fiebres muy altas que, en pocas semanas, convirtieron a un hombre sano y fuerte en un saco de huesos.

Simbad se pasaba el día en la calle, jugando con otros niños, primero, y pronto, buscándose la vida para poder comer y vivir. A menudo, iba hasta la orilla del río y, desde allí, vislumbraba los pequeños islotes en medio del agua y el tráfico de los comerciantes. Cada vez llegaban más barcas de fuera, algunas de muy lejos, con hombres de razas diferentes y mercancías que allí no tenían. Un día, justo cuando había cumplido trece años, mientras miraba los hombres que bajaban de las embarcaciones, lo decidió: «Yo seré navegante». Y así fue. Su tío había muerto y no tenía la responsabilidad de cuidarlo. Los primeros años navegó a bordo de una barcaza en la que se embarcó como ayudante, pero en poco tiempo ahorró suficiente dinero para comprarse su propia barca y no depender de ningún amo. En medio del mar, observaba el vuelo de las gaviotas; si era invierno, dejaba que el sol le acariciara la cara y los brazos; si era verano y éste calentaba demasiado, se protegía bajo un toldo. Allí era feliz. Se sentía solo y, al mismo tiempo, acompañado. Ponía los cebos y esperaba a que los peces picaran. No tenía prisa. El tiempo se había detenido.

*Los primeros años navegó a bordo de una barcaza
en la que se embarcó como ayudante...*

Simbad era un joven inquieto y pronto le pareció demasiado cómodo y rutinario ir a pescar cada día. No dejaba de otear el horizonte y, por la tarde, cuando regresaba a su cabaña, contaba el dinero que iba ahorrando de la venta del pescado. Cada noche calculaba cuántos años tardaría en reunir una cantidad importante para poder comprarse una buena barca que le permitiera ir más allá. La mayoría de los chavales de su edad, que vivían con su familia, estaban pendientes de la chica que sus padres les escogerían para casarse, pero él no tenía ninguna prisa. Por supuesto que le gustaban las chicas, pero… para más adelante. Le parecía que, de momento, tenía cosas más importantes que hacer.

Una noche plácida y serena salió a la calle. El canal que transcurría por delante de su casa reflejaba la luna, llena y redonda. Cuando la miró, le pareció que le guiñaba el ojo. Simbad amaba todo lo que le rodeaba, lo sentía así, de muy adentro: aquel paisaje, los amigos, el río, el viejo zoco de Kawit, la concurrida calle de Al-Wasan, los minaretes de las más de treinta mezquitas de la ciudad, los puentes que cruzaban por encima de los canales, las numerosas pastelerías... pero necesitaba un cambio. Con este pensamiento entró en un café a tomar un té con un narguile y a encontrarse con los amigos. Como siempre, todo eran hombres, porque las mujeres no acostumbraban a entrar allí. Un hombre viejo estaba explicando que ya era muy mayor para continuar con su barca y quería retirarse. Simbad sabía que el falucho de aquel hombre era bueno y grande; de modo que le hizo una oferta de compra: le daría una entrada para empezar, más el dinero que se comprometía a pagarle los próximos años. Después de discutir y regatear un buen rato, cerraron el trato con un apretón de manos, como hacían los hombres de bien. No hacían falta papeles. Con la palabra bastaba.

Pocos días después, provisto de un recipiente con agua y de un saco con alimentos, Simbad se embarcó. Era su primer viaje a la aventura. Soplaba un vientecillo suave. Simbad miraba la ciudad, que se iba haciendo pequeña a medida que se alejaba. En el punto donde el río llega al mar después de atravesar su gran delta, superada la isla que tantas veces había rodeado y que conocía de memoria, Simbad puso rumbo a oriente y dejó que la barca le condujera. Como los vientos no eran muy fuertes, la embarcación surcaba el mar lentamente...; hasta que las aguas se quedaron completamente en calma. No soplaba ni una suave brisa y se detuvo. Simbad no tenía miedo. Aprovechaba aquellos momentos de calma para dormir o comer un poco. El problema, sin embargo, era cuando soplaba el viento contrario, porque entonces lo arrastraba en la dirección que él no quería. De manera que al cabo de tres días de haber zarpado, se encontró de nuevo en la desembocadura del río. Entonces se dio cuenta de que no había suficiente con la voluntad, sino que hacía falta adquirir conocimientos de la gente que hacía años que navegaba. Fue a hablar con algunos navegantes experimentados a los que preguntó muchas cosas, y, aunque apenas sabía leer ni escribir, dibujó unos mapas rudimentarios. Hecho esto, reunió algunas provisiones y tomó una cajita que contenía las joyas que había heredado de la familia, así como diversos productos para vender. Con esta carga, zarpó de nuevo. Esta vez, y siguiendo las recomendaciones de los navegantes, sin alejarse demasiado de tierra, fue en dirección a las costas persas. La travesía fue bien; los vientos le fueron favorables y, en unos días, llegó a una ciudad desconocida, donde encontró gente que hablaba otra lengua. Un hombre que conoció en el puerto le explicó que, según los lugares, las personas hablaban de formas tan diferentes que no se entendían las unas con las otras. De todas maneras, la gente que estaba acostumbrada a navegar por distintos países, se las arreglaba para entender y hacerse entender.

—Lo más importante —le dijo el hombre—, es tener interés por comunicarse.

Durante los días que permaneció allí, Simbad vendió los dátiles y la sal que traía y después, un comerciante del zoco le compró unos collares, dos anillos y una pulsera, el pequeño tesoro familiar. Con el dinero que obtuvo con la venta, compró sedas y productos que no había en su país; cuando regresó a Basora lo vendió todo y consiguió llenar una bolsa de dinero que le sirvió para pagar parte de su deuda y para comprar más productos con el fin de continuar comerciando. Durante un año, Simbad estuvo yendo y viniendo por los puertos persas tantas veces como pudo, comprando y vendiendo. Cada vez se alejaba un poco más. Ya se conocía las costas persas de memoria; primero, verdes y espléndidas, después, desérticas. Le habían dicho que pasado el estrecho de Ormuz se abría un mar enorme, que le podía llevar hasta la India y China. También había navegado por la costa occidental de la península arábiga, pero no había rebasado nunca la península de Qatar, porque existían fuertes corrientes, muy peligrosas. En otro tiempo, fieros piratas asaltaban todos los barcos que navegaban por aquella costa, y por eso se llamaba la Costa de los Piratas.

En poco tiempo, Simbad ya había saldado la deuda con el viejo que le había vendido el falucho y decidió buscarse un ayudante. Su nombre era Beb Radin.

Con los viajes, Simbad aprendió todo lo que no había aprendido antes. Conoció gente a quien admirar, y también a quien temer, y tuvo que enfrentarse a mu-

*Durante un año, Simbad estuvo yendo y viniendo por los puertos persas tantas veces como pudo, comprando y vendiendo.*

chos peligros: las tempestades en alta mar, los ladrones, los estafadores que le querían vender gato por liebre...; pero él era un chico espabilado. Aun siendo analfabeto, había conseguido casi entender las lenguas que se hablaban allí donde iba; tenía el oído fino y la lengua larga, pero sabía callarse cuando convenía, y si había que guardar un secreto era como una tumba. En cada puerto, tenía un amigo, en cada pueblo, una chica que lo miraba en silencio. Cada vez que regresaba a Basora, el lugar que él consideraba su hogar aunque permaneciera poco tiempo, sentía un temblor en las piernas que le hacía flaquear todo el cuerpo. Cuando veía la silueta de las mezquitas, que conocía como su propia sombra, siempre exclamava:

—¡Estoy salvado, ya estoy en casa!

Simbad todavía recordaba algunas historias que le había explicado su tío, que hablaban de cuando Gengis Khan, el emperador de Mongolia, llegó a aquellas tierras. Todo lo que dejó tras de sí fue un rastro de horror y destrucción, bien diferente de otros pueblos como los abásidas, los asirios o los griegos, que aportaron cultura y riqueza. Le habían explicado que, lo que ahora era su país, fue ocupado por el imperio otomano y que, más adelante, las tribus tuvieron que unirse para enfrentarse a un enemigo común, los británicos, que habían ocupado aquel lugar y querían hacerse los amos. Cuando éstos se marcharon, no les resultó fácil comenzar a dar los primeros pasos. Cada territorio hacía su guerra particular...

Mientras navegaba, Simbad tenía mucho tiempo para pensar; siempre se preguntaba por qué los hombres no podían vivir en paz: pescar, sembrar, comerciar... y amar. Alguna vez lo había comentado en algún café, y los hombres de más edad se habían reído de él.

—Cuando seas mayor ya lo verás. Cada uno va a lo suyo, y los que gobiernan, más que nadie. El dinero está en manos de unos pocos, y el resto tenemos lo justo para ir tirando.

Entonces, Simbad callaba y mantenía viva la esperanza de encontrar un día, en alguna de aquellas pequeñas islas del golfo, un tesoro escondido. Si alguna vez había osado confesarlo a alguien, le había dicho:

—El tesoro más grande que tenemos aquí es el petróleo. Pero tampoco nos pertenece.

Escarbaban la tierra muy adentro, hasta el alma, y allí encontraban el oro negro. Simbad utilizaba el petróleo para hacer fuego, para cocinar, para navegar... pero le explicaban que, tal como avanzaba el mundo, servía para muchas cosas más. En su país no, porque estaban atrasados, pero en América, al otro lado del océano inmenso, lo empleaban para hacer de todo, desde una persiana hasta un cubo.

Un océano, pensaba Simbad, un océano es un mar que no se acaba nunca, donde tardas semanas y semanas en llegar a tierra firme y donde se forman unas tempestades tan grandes, que con una barca como la mía no aguantaría ni dos días. América..., ¿podría ir alguna vez? Un sueño eterno. Allí la gente era rica, tenía barcos y automóviles, vivía en casas bonitas y limpias, vestía ropa buena, todos los niños iban al colegio... Él acababa de cumplir dieciocho años, y por entonces los niños de su país estudiaban, y podían ir al médico si estaban enfermos..., ¡pero los que gobernaban estaban tan lejos! Bagdad, hasta hacía poco, estaba a treinta horas de camino por carretera.

Un mal día, escuchó en un café del zoco que su país estaba en guerra con el país vecino, los persas, lo que se conocía como Irán. Las disputas venían de lejos, porque siempre se habían peleado por la posesión del río y de la región de Khuzestán, donde había petróleo.

—¿Por qué? —se le ocurrió preguntar a aquellos hombres que bebían té y fumaban narguile.

Todos le miraron y se encogieron de hombros. Uno de ellos contestó:

—La gente del pueblo no sabemos nunca por qué nuestros gobernantes declaran las guerras. Y, al fin y al cabo, tanto si se ganan como si se pierden, siempre salimos perdiendo.

Y así fue. Simbad ya no osaba navegar por las costas persas; se marchaba hacia las occidentales, pero allí tampoco estaba tranquilo. A menudo oía y veía grandes pájaros de fuego que volaban por el cielo y escupían llamas y humo. Fueron años muy duros, porque las bombas llegaron a Basora. Ocho años de infierno durante los cuales ninguna familia de la ciudad quedó entera: padres e hijos en edad militar fueron llamados a filas para luchar contra los vecinos; madres e hijos pequeños, bombardeados y masacrados en sus casas. Incluso parecía que los peces se hubiesen escondido, ¡porque costaba pescarlos! Aquella guerra no tuvo vencedores ni vencidos: acabó en tablas, con un millón de muertos entre ambos bandos. Las siluetas de los barcos hundidos que quedaron en el puerto recordaban la destrucción. Después, en honor a los generales muertos, el presidente de su país ordenó construir en el paseo marítimo de Basora doscientas cincuenta estatuas que representaban a cada uno de los generales que habían muerto en las batallas contra Irán, con el brazo derecho señalando al otro lado de la orilla, la mirada dura, los fusiles al hombro, desafiando, todavía, al enemigo.

Pero la capacidad humana de reaccionar y sobrevivir es inmensa. Los habitantes de Basora reconstruyeron la ciudad, volvieron a alzar las mezquitas, se abrieron de nuevo los comercios, se reconstruyeron los puentes sobre los canales, el zoco volvió a ser un batiburrillo de colores y movimiento, y los pescadores y comerciantes regresaron al mar.

Simbad navegó de nuevo y, con el apoyo de Beb Radin, el mozo que le ayudaba, vendía productos que traía de Basora, y compraba otros afuera, que después volvía a vender en su ciudad.

Había pasado el tiempo y aún permanecía soltero.

—Vigila que no se te pase el arroz —le decían los compañeros, con cariño.

Por eso, le habían aconsejado que se casara de una vez, y al final lo hizo con una chica huérfana como él, que vivía con una tía y un primo. Zainab tenía trece años; en la guerra habían matado a su padre y a sus dos hermanos. Como manda la tradición, Simbad pidió la mano de la joven al cabeza de familia, el primo de Zainab, y no le costó demasiado convencerle: eran pobres y, si se casaba, era una boca menos que alimentar. Entonces Simbad compró una casa en el barrio de Zahra; era un buen momento porque había mucha gente necesitada que las vendía baratas a consecuencia de las guerras. Pero antes de instalarse en su hogar, Simbad le dijo a Zainab que quería navegar unos cuantos días para compartir con ella su gran tesoro, el mar.

—Quiero que lo ames igual que yo —le dijo.

Esta vez viajaron los dos solos, sin el ayudante. El primer día, Simbad empezó a mirarla con ternura. Lo que más le gustaba de ella eran sus ojos redondos, de color miel, y su piel, fina y tersa. Seguro que tendrían hijos, los llevarían a la escuela y les enseñaría a navegar, pensaba mientras miraba hacia el horizonte. Apenas se conocían y la joven le miraba de reojo; quizás estaba preocupada porque no sabía con qué clase de hombre se había casado. Zainab había ido a la escuela y, por lo tanto, sabía leer y escribir, y también sabía cocinar. Las primeras noches en calma de luna llena, tumbados en la cubierta de la barca, se cogían las manos y compartían secretos de infancia; unos días después descubrían los misterios de su cuerpo, y, finalmente, bajo un cielo de palmeras de una playa persa, se convirtieron en amantes. Cuando, tres semanas después, regresaron a Basora, ya no eran los mismos. Ella se sentía feliz y sin miedo, con ganas de que Simbad le continuara explicando cosas sobre todo aquello que conocía, y con ganas, también, de enseñarle a leer y a escribir, tal como habían acordado. Él, que ya tenía una amante hacía muchos años, la mar, ahora, con su mujer, estaba doblemente enamorado de la vida. No pedía nada más.

Al cabo de un año ya tenían el primer hijo, un niño, a quien llamaron Alí. Simbad nunca pensó que ser padre le pudiera hacer tan feliz. Por entonces no emprendía grandes viajes, procuraba regresar pronto a casa y, si no comerciaba, salía a pescar.

Pero la alegría no duró mucho. Poco tiempo después, el presidente de su país inició otra guerra al invadir el territorio vecino de Kuwait. La ocupación no duró muchos días, porque un grupo de países, encabezados por los norteamericanos y los británicos, le hicieron retroceder. Fueron días de luto y de muerte. Basora, como otras ciudades, fue bombardeada hasta la extenuación con bombas de uranio empobrecido. No había lugar donde esconderse. Los inmensos bosques de palmeras de las orillas del Chatt el-Arab quedaron heridos de muerte, con las copas de todos los árboles descabezadas. Las costas se volvieron tristes y desangeladas. Semanas después, los ataques cesa-

*Simbad le dijo a Zainab que quería navegar
unos cuantos días para compartir con ella
su gran tesoro, el mar.*

ron, pero lo que vino después fue otro tipo de guerra, la del sufrimiento, la de querer comer y no tener qué, la del miedo de los aviones que sobrevolaban la ciudad. Fue la posguerra del embargo.

Mientras tanto, Zainab volvía a estar embarazada de su segundo hijo y se encontraba muy mal. Simbad apenas se atrevía a salir de casa, pero había que buscar trabajo, lo que fuera, para alimentar a la familia. Cuando llegó el momento del parto, fueron al hospital, porque veían que no iba bien. Allí nació una niña, Latifa, a quien los médicos diagnosticaron leucemia. Les explicaron que, desde la guerra, nacían muchos niños con malformaciones y otras enfermedades. La recién nacida parecía un pajarito a quien un simple soplo de viento podía tumbar. Regresaron a casa. Simbad pasaba todo el tiempo que podía al lado de su mujer, que, débil, procuraba dar de mamar a Latifa y cuidarla.

Un día, cuando Simbad regresó tras hacer unos recados, encontró a su mujer pálida y desfallecida. La enfermedad que padecía desde el embarazo, el cólera, había avanzado hasta devorarle todo el cuerpo. Murió como un pajarito, y Simbad se sintió más solo que nunca. Después de enterrarla, sentado a la orilla del río, permaneció abrazado a Alí hasta que se hizo de noche. No sabía qué hacer ni adónde ir. Necesitaba trabajar para alimentar a sus dos hijos, pero ¿quién cuidaría de ellos mientras él no estaba? Los dejó unos días con una vecina, pero ella misma le recomendó que se volviera a casar, porque necesitaba una mujer que se hiciera cargo de los niños. Simbad no tenía ganas en absoluto, pero aquella mujer se ocupó de encontrarle una chica de su edad, que se había quedado viuda porque habían matado al marido en la guerra. Tenía dos hijos, uno de dos años y otro de unos pocos meses, y se trasladó a

*Un día, cuando Simbad regresó tras hacer
unos recados, encontró a su mujer pálida
y desfallecida.*

vivir a la casa de Simbad. Así, ella podría dar de mamar a Latifa y él saldría a pescar o a cambiar algún producto de la cartilla de racionamiento por otro que necesitaran más. Ni siquiera podían beber agua, porque había quedado contaminada por el uranio, en tanto que los campesinos se quejaban de que sus huertos se habían quedado estériles, como ellos mismos. Las palmeras no daban dátiles ni las higueras, higos. Éste era el castigo por las malas acciones emprendidas por su presidente. Ojalá en su país sólo hubiera habido frutos y huertos, y nunca se hubiera descubierto el maldito petróleo, pensaba Simbad. ¡Así quizás los habrían dejado en paz!

La pequeña Latifa, frágil y tierna, no pudo resistir la enfermedad y también murió. Una lágrima se deslizó por la mejilla de Simbad, que en poco tiempo se había hecho viejo. El muecín, desde el minarete de la mezquita del Iman Alí, llamaba a la plegaria. Simbad alzó la cabeza y miró al cielo.

Pasaron diez años desde aquella guerra. Entre tanto, Simbad se había acostumbrado a la compañía de su nueva mujer, como ella a la de él. Su único objetivo era conseguir comida para su familia. Atrás habían quedado los días de felicidad completa cuando navegaba mar adentro, libre, comprando y vendiendo, pasando miedo algunas veces, pero siempre abierto a todas las posibilidades que le ofrecía la vida. A menudo añoraba a Zainab, que había muerto sin ver crecer a Alí, aquel Alí a quien él había prometido enseñar a navegar, todavía con una inmensa capacidad de ser feliz jugando con otros niños en la calle lleno de barro, en medio de las cloacas reventadas, o en la escuela, fría y triste. Alí, su futuro.

Parecía que no podían pasar más cosas, pero los norteamericanos hacía tiempo que amenazaban con una guerra. Mucha gente no se lo creía, pero un día que había salido a pescar con el falucho, oyó el ruido de aviones. Alzó la cabeza y se percató de que no era como siempre. Esta vez eran muchos, y más grandes. Inmediatamente, le vino a la mente la imagen de su mujer y de sus hijos, en casa. Puso en marcha el motor de la barca y regresó veloz a la ciudad, pero no pudo llegar al puerto. Estaba ocupado por centenares de barcos y por soldados británicos, que se hallaban por todas partes. Tuvo que retroceder y amarrar en un lugar cercano, y desde allí, llegar a pie. En el paseo marítimo, el hotel Sheraton estaban rodeado de carros de combate y grupos de gente desesperada entraban y se llevaban todo cuanto podían ante la pasividad de los soldados. En pocos momentos, el gigante de cemento y símbolo del lujo iraquí se había convertido en una montaña de escombros.

Cuando llegó a su barrio, Simbad vio una multitud de gente. No sabía qué sucedía hasta que consiguió hacerse un hueco entre ellos: su casa y otras casas del vecindario habían sido destruidas por un misil. Profirió un grito estremecedor y corrió hacia allí. Pudo entrar por una ventana y, abriéndose camino entre los escombros, encontró los cuerpos de su mujer y de sus hijos, todos muertos. Al lado de la mujer, el cuerpo de Alí todavía respiraba. Se echó encima y lo abrazó llorando. Eran los últimos suspiros. Lo alzó en sus brazos y salió con él a la calle. Se dio cuenta de que la multitud de gente se había callado de repente. Se acercaba una columna de carros de combate. La gente se fue escondiendo y se quedó solo con su hijo en brazos. Simbad comenzó a caminar en dirección a los tanques, que le rodearon en círculo en una explanada que había delante. Llevaba el cuerpo de Alí, un cuerpo cubierto de sangre, el cuerpo de su hijo amado que iba a navegar por los mares de Arabia, conocer nuevos países y nueva gente, aprender lenguas, tener aventuras, amar y reír... Caminaba con su hijo hacia los tanques, que cada vez estaban más cerca. No veía ni oía a nadie. No tenía lágrimas. De repente, los tanques se detuvieron. Llegó un coche de periodistas y gritaron a los soldados:

—¡No lo toquéis! ¿No veis que lleva a su hijo muerto? —y, a continuación, dispararon sus cámaras fotográficas.

Aquella fotografía dio la vuelta al mundo. Entonces, Simbad fue conocido por todo el mundo y una organización humanitaria le invitó a ir a América y explicar qué había sucedido. Pero él, que años atrás había soñado con cruzar el océano, se negó. Un periodista intentó convencerle:

—Si vas allí, saldrás en las televisiones y en los periódicos, podrás explicar lo que ha sucedido, podrás decir lo que quieras, te harás famoso y quizás, incluso, puedas quedarte a vivir. Aquí no tienes futuro.

Pero él no veía ni oía. El futuro se le había muerto en los brazos.

América existía. Hacía años que había oído hablar de ella, lo creía de sobras. No hace falta ir a un sitio para creer que existe. Ahora, tenía pruebas evidentes. América se había llevado a su mujer, a su hija, a su hijo, a su segunda mujer y a sus hijos; se había llevado a los amigos y vecinos, había envenenado las lechugas y los tomates de sus huertos... América existía porque hacía años que los habían atacado, a ellos, a la gente de los pueblos y de los campos y, después, había promovido un embargo durante el cual murieron cinco mil niños y niñas menores de cinco años cada mes. Ya sabía que América existía, había pruebas suficientes de ello. No deseaba ir.

—Yo soy de aquí, de la ciudad que me ha visto nacer y crecer, donde he sido feliz, donde encontré el amor. Ésta es mi casa, hundida, contaminada y llena de humo. No tengo

*Caminaba con su hijo hacia los tanques,*
*que cada vez estaban más cerca.*
*No veía ni oía a nadie.*

nada: ni barca, ni casa, ni familia, ni esperanza. Ni siquiera me quedan lágrimas, pero todavía soy una persona.

Simbad no tenía pistolas, ni misiles, ni bombas, ni fusiles, ni —por supuesto— carros de combate, pero tenía dos manos y dos piernas, y, todavía, un cerebro que podía pensar. Sentado ante aquellas aguas que tanto había amado, decidió que nadie pisotearía su dignidad. Se alzó. Llevaba una piedra en la mano, dentro del bolsillo. Caminaba con resolución, sin miedo. Una piedra de la playa, redonda, modelada por el agua, que apretaba bien fuerte. Basora era su casa y nadie lo echaría de allí. Aquella piedra le daba fuerza mientras la acariciaba: representaba su mar, su ciudad, su música y sus mezquitas. Representaba la gente que más había amado. Cada vez caminaba más de prisa, ajeno a los truenos y relámpagos de la guerra. Cuando llegó al centro de Basora, pareció como si despertara: giró la cabeza y vio muchos otros hombres, mujeres y muchachos, que, como él, llevaban una piedra en la mano. Caminaban juntos, sin decirse nada, con determinación, con la cabeza bien alta. Cada vez eran más y se sentían fuertes. Tenían lo que hacía falta para vencer: la razón. Podrían tardar, pero lo conseguirían.

Un día, volverían a navegar y a ser felices.


*El pueblo iraquí ya ha vencido.*
*Por eso arrancan los brazos a sus niños:*
*si ya han vencido, que al menos no puedan*
*hacer el signo de la victoria con los dedos.*

Santiago Alba Rico

# ALÍ BABÁ

ALí Babá se había casado con una mujer pobre, Morgana, y siempre habían tenido problemas económicos. Alí iba al bosque a recoger leña y a buscar espárragos; también trepaba las palmeras para tomar dátiles y recogía castañas, cuando era la temporada; después, lo vendía todo en el zoco. Su hermano Kassim, en cambio, se casó con una mujer rica; era comerciante y poseía una habilidad innata para hacer crecer su fortuna. Compraba productos a un precio y los vendía por un valor muy superior; no tenía demasiados escrúpulos. Lo compraba todo de contrabando a países fronterizos —alimentos, maquinaria, petróleo, medicamentos, etc.— y lo distribuía por medio de una red de traficantes. Su único lema era el dinero. La ocupación norteamericana había hecho disminuir el negocio, pero, igualmente, se las apañaba bastante bien, vendiendo a los ocupantes y a la resistencia.

Un día, mientras Alí Babá estaba en el bosque, vio llegar un grupo de vehículos todo terreno que levantaban mucha polvareda; tuvo miedo y se escondió dentro de una cueva cercana; si eran los norteamericanos y le sorprendían allí, aunque estuviera haciendo algo tan normal como cortar leña, quizá lo detuvieran.

Desde un rincón oscuro de la cueva, aguantando la respiración para que no lo descubriesen, pudo ver cómo los soldados, que, en efecto, eran norteamericanos, descargaban cajas llenas de armas y las escondían en un depósito camuflado dentro de la misma cueva en la que él estaba. Primero, Alí se extrañó, pero después pensó que seguramente se trataba de un depósito de reserva por si la resistencia atacaba el cuartel y hacía volar los almacenes de armamento. Aquellos norteamericanos eran muy listos.

Cuando terminaron de entrar todas las cajas, uno de los soldados introdujo un nuevo código en un teclado disimulado en la pared de la cueva, y entonces la puerta, tal como se había abierto, se cerró. Acto seguido, el soldado se guardó el trozo de papel donde estaba apuntado el código en el bolsillo. Él era el último que quedaba en la cueva; sin embargo, antes de abandonarla, se sacó un pañuelo del bolsillo para secarse el sudor de la cara. Después, se guardó el pañuelo y abandonó la cueva sin darse cuenta de que, al sacarlo, el papelito con el código se había caído al suelo. Alí Babá, que no había perdido de vista al soldado ni un momento, esperó hasta oír los motores de los coches alejándose para abandonar su escondite para ir directo hacia el pedazo de papel. Lo tomó en sus manos y lo examinó. Era una combinación de diez números y letras, que, tímidamente, tal como había visto hacer, marcó en el teclado de la pared. La puerta se abrió y ante su mirada pasmada había decenas y decenas de cajas de armamento apiladas.

—¡Por Alá! ¡Esto sí que es un verdadero arsenal! —murmuró. Y en seguida pensó en tomar algún arma para de-

*...pudo ver cómo los soldados, que, en efecto, eran norteamericanos, descargaban cajas llenas de armas y las escondían en un depósito camuflado dentro de la misma cueva en la que él estaba.*

fender a su familia. En el barrio donde vivían, cada día, cuadrillas de soldados entraban por sorpresa en las casas, las registraban y se llevaban a sus moradores. Decían que buscaban terroristas. Pocos volvían, y si lo hacían, era en un estado tan lamentable, que habría sido mejor que hubiesen muerto, pensaba la gente.

Por otro lado, era muy peligroso tener un arma en casa... No sabía qué hacer, pero al final pudo más el deseo de velar por la seguridad de su familia y acabó tomando un fusil semiautomático y un puñado de cargadores. A continuación, introdujo de nuevo el código para que la puerta se cerrara y volvió a su casa.

Alí Babá estaba muy excitado por su descubrimiento y explicó lo sucedido a su mujer. Entre los dos decidieron esconder el arma en un lugar secreto de la casa, que, al mismo tiempo, fuera de fácil acceso por si los soldados los sorprendían de noche. Mientras hablaban de ello, no se dieron cuenta de que Ahmed, el hijo pequeño, estaba en la habitación de al lado y los oía.

Al día siguiente, Ahmed, que cada tarde iba a jugar con su primo a casa del tío Kassim, dijo:

—Ahora ya no nos puede suceder nada malo, tío Kassim, porque papá tiene un arma muy buena que se encontró en una cueva, y si los soldados vienen de noche para hacernos daño, ¡los mataremos!

Cuando Kassim escuchó aquello, abrió los ojos como platos. ¡Las armas siempre eran un buen negocio! Tenía que saber de dónde había sacado el arma su hermano.

Aquella misma tarde, Kassim fue a ver a Alí Babá y le preguntó por el arma y por cómo la había conseguido. Alí Babá le reveló su descubrimiento. Entonces, Kassim, poseído por la codicia, le propuso robar todas las armas y venderlas al mejor postor, dentro o fuera del país.

—En Afganistán nos pagarían una fortuna por las armas —dijo, entusiasmado.

—¿Estás loco o qué? Lo que propones es muy peligroso. ¿Qué crees que harán los norteamericanos cuando encuentren la cueva vacía?

—Para cuando se den cuenta, seremos ricos y estaremos lejos de aquí.

Los dos hermanos estuvieron discutiendo un largo rato, hasta que Kassim amenazó a Alí Babá con que, si no accedía a su deseo de hacer negocio con las armas, le denunciaría a los norteamericanos. Alí Babá pensó que su hermano, tal como le había demostrado en otras ocasiones, prefería el dinero antes que a él. ¿Cómo podía haber personas tan mezquinas en el mundo? Ambos habían nacido de la misma madre, habían mamado la misma leche y asistido a la misma escuela... ¿Cómo, entonces, podían ser tan diferentes?

—¿No te das cuenta de que si te permito hacer esto, no sólo nos ponemos en peligro nosotros, sino que también ponemos en peligro a nuestras familias? ¿No te importa tu familia, Kassim? —replicó Alí Babá.

Kassim, furioso por la tozudez de su hermano, se le acercó y lo agarró por el cuello.

—Tengo ante mí la posibilidad de hacer el mayor negocio de mi vida y tú no me lo impedirás. O me dices dónde está la cueva o, como me llamo Kassim, cuando salga de esta casa me voy directamente al cuartel de los norteamericanos.

Un escalofrío recorrió el espinazo de Alí Babá. Su hermano era capaz de aquello y de mucho más. Entonces, le explicó dónde se hallaba el depósito de armas y le dio el papel con el código para entrar y salir de él. Que hiciera lo que quisiera, pero él no quería saber nada más, ni de él ni de las armas.

A la mañana siguiente, Kassim tomó su camioneta y se dirigió a la cueva. Impaciente, marcó el código secreto, la puerta se abrió y entró en el depósito de armas. Para que nadie lo viera mientras examinaba lo que había allí dentro, marcó el código en el teclado interior y la puerta se cerró de nuevo. ¡Por las barbas del Profeta! Cuando vio todo lo que aquellas cajas apiladas contenían, se entusiasmó. Aquello, vendido en el mercado negro, ¡valía una fortuna! Ahora sí que se haría rico para siempre. Y, cuando lo hubiera vendido todo, se marcharía con su familia a otro país. Entonces, ya podían buscarlo los norteamericanos. Estaba harto de tantos años de penurias y de guerras. Irían a un lugar donde un hombre de negocios como él estuviera bien considerado y tuviera oportunidades. A un país emergente. A China, por ejemplo. ¡Había tantas posibilidades en el mundo!

Sin perder tiempo, Kassim separó unas cuantas cajas y las fue dejando cerca de la puerta para luego cargarlas en la camioneta. Cuando llegó el momento de salir de la cueva, introdujo la mano en el bolsillo para sacar el papelito con el código. ¡Pero no lo encontró!

—¿Dónde demonios he puesto el trozo de papel? —murmuró, nervioso, mientras registraba todos sus bolsillos—. Seguro que se me ha caído al suelo mientras porteaba las cajas. Calma, calma, tengo que encontrarlo.

Examinó cada palmo de terreno por donde había pasado, pero no encontraba el papelito. Buscando, buscando, transcurrió un buen rato, hasta que, desesperado, comenzó a probar códigos que le sonaban: DX450MA789. Nada. DZ450MA739. ¡Nada! JX450ME789. ¡¡Nada!! La puerta no se abría. Cada vez estaba más y más nervioso. Como estaba un poco gordo, sudaba como un cerdo al entrar en el matadero. «Tiene que salir, tiene que salir», se repetía para animarse. Pero no, la combinación correcta no salía. La cabeza le daba vueltas y oía un zumbido aturdidor. Al final, se percató de que no era sólo su cabeza la que zumbaba por dentro, sino que de fuera le llegaba también un zumbido..., como de motores... Sí, eran motores de coche que se acercaban..., ¡y se detenían!

Kassim, a quien, entre el remolino de pensamientos de su cerebro espeso por el miedo, le vinieron a la memoria las advertencias de su hermano, sólo tuvo tiempo de esconderse tras unas cajas mientras se lamentaba de su ambición. Precaución inútil, porque los soldados, que habían descubierto su camioneta afuera, no tardaron ni cinco minutos en encontrarlo.

Mientras tanto, en su casa, Fátima, su mujer, al ver que Kassim no regresaba, empezó a preocuparse. Sabía lo que había ido a hacer, y, a medida que pasaban las horas, su angustia iba en aumento. Finalmente, recurrió a Alí Babá.

Cuando oscureció, Alí Babá fue a la cueva y descubrió, en la entrada, el cuerpo de su hermano convertido en un montón de carne sangrienta, que algún perro salvaje había comenzado a devorar. La camioneta no estaba. Lo recogió y, a escondidas, volvió a casa con el cuerpo del muerto. ¿Qué debía hacer ahora?

—No he osado enterrarlo allí mismo por miedo a que los soldados regresaran —le dijo a su mujer—. Por otro lado, llevarlo a su casa sería peor; Fátima se pondría a gritar y a llorar, y atraería la atención de todo el vecindario… ¿Qué podemos hacer?

Morgana, que además de hermosa era muy lista, en seguida encontró una solución. Propuso dejar el cuerpo de Kassim escondido dentro de un saco en el patio, bajo un montón de muebles viejos. Era invierno y el cuerpo aguantaría bien. Hecho esto, le dijo a Alí Babá que fuera a la policía y denunciara que habían robado la camioneta de su hermano.

—Si te preguntan por qué no ha ido él a denunciarlo, les dices que se encuentra muy mal.

Al día siguiente a primera hora, Morgana fue a casa del farmacéutico y le dijo:

—¿Puedes darme algún remedio para mi cuñado Kassim, que se encuentra muy mal? Hemos tenido que traerlo a casa porque su mujer no puede hacerse cargo de él.

El farmacéutico le proporcionó medicamentos para el dolor de vientre y de estómago, tal como le había explicado la mujer, y dejaron pasar un día. Al día siguiente, volvió a la farmacia diciendo que su cuñado estaba peor. Al tercer día ya dijo que había muerto, y nadie se extrañó. Las muertes eran algo habitual desde la invasión. En todo este tiempo, no habían dejado salir a la cuñada a la calle para que no desvelara el engaño. Entonces, la familia de Kassim anunció que celebrarían el funeral y a todo el mundo le pareció algo normal. Un cuerpo dentro de un ataúd. Un hoyo en el cementerio con la cabeza en dirección a la Meca. Lágrimas y llantos. El pésame de amigos y vecinos. Algunos dulces para agradecerlo. El problema de cómo deshacerse del cuerpo de Kassim se había solucionado. Pero aún quedaba otro problema.

Los norteamericanos estaban intrigados y querían saber quién era el individuo al que habían sorprendido en el interior de la cueva. Como solía suceder a veces, los soldados, primero, habían disparado y, después, habían preguntado. Y dado que los disparos acertaron de lleno al intruso, éste no pudo responder a ninguna de las preguntas que querían formularle. ¿Quién era? ¿Cómo había entrado allí? ¿Alguien le había facilitado el código? Y si ése era el caso, ¿cuántas personas más lo conocían y quiénes eran?

*Un cuerpo dentro de un ataúd. Un hoyo en el
cementerio con la cabeza en dirección a la Meca.
Lágrimas y llantos.*

Por precaución, los norteamericanos sacaron las armas de la cueva y las trasladaron a otro escondrijo. Después, comenzaron a investigar a partir de la camioneta.

En el caos administrativo de Bagdad, tardaron una semana en saber que la camioneta era de un comerciante llamado Kassim, que había sido enterrado tres días antes a causa de una enfermedad.

—Si tan enfermo estaba, ¿qué hacía su camioneta delante de la cueva? —preguntó el inspector Fahad, de la policía iraquí a Alí Babá.

—Precisamente, se la habían robado aquella misma tarde —respondió Alí Babá con toda la tranquilidad que pudo, y le mostró el comprobante de la denuncia del robo.

Nada que decir. Pero el inspector no se quedó convencido, le parecía todo muy sospechoso. Y así lo manifestó a los norteamericanos.

No tenían ninguna prueba de que Alí Babá supiera nada de la cueva, y, además, sabían que tampoco participaba de los negocios de su hermano. Pero era sospechoso y no querían correr ningún riesgo. Había que detenerlos, a él y a su familia, para interrogarlos.

Pero como Alí Babá era una persona muy conocida y apreciada en su barrio y su detención podía crear problemas, el inspector Fahad recomendó llevárselo a escondidas y sin hacer el más mínimo ruido. Y les propuso un plan que parecía sacado de un cuento de *Las mil y una noches.*

—¿Verdad que aquí hay mucho comercio de aceite? ¿Habéis visto que los comerciantes, como tienen tantos problemas de escasez de gasolina, han vuelto al viejo sistema de los burros para transportar mercancías? ¿No es cierto? —comentó el inspector Fahad, que quería hacer méritos ante los norteamericanos—. Pues mis hombres y yo nos convertiremos en comerciantes de aceite y os traeré a Alí Babá, a su mujer y a sus cuatro hijos sin que se dé cuenta nadie.

Los norteamericanos se rieron de la ocurrencia de Fahad, pero aceptaron. Si hacía cuanto decía, Fahad tendría el suministro de chocolate asegurado mientras ellos estuviesen allí. ¡Y Fahad tenía una gran pasión por el chocolate!

El inspector Fahad compró ocho tinajas y las cargó a lomos de cuatro burros, simulando que estaban llenas de aceite. Pero, de hecho, sólo estaban llenas de aceite las dos primeras; el resto de tinajas escondían un policía en su interior. La recua salió de la comisaría, atravesó gran parte de la ciudad y llegó ante la casa de Alí Babá. El sol se había puesto entre las montañas y empezaba a hacer mucho frío. El inspector Fahad, disfrazado de vendedor de aceite, llamó a la puerta y explicó a Alí Babá que era un viejo amigo de su hermano Kassim, que se conocían de hacer negocios; había ido a casa de él, pero antes de llamar, unos vecinos le habían informado de que Kassim había muerto y de que su familia estaba muy afectada. Por eso le pedía alojamiento para aquella noche; no quería molestar a la familia del difunto. Se le había hecho tarde y al día siguiente tenía que continuar su camino hacia Kazimiya para vender aceite.

—No me fío de la policía, ¿sabes? —le dijo Fahad para acabar de convencerle—. Si dejo los burros en la calle tengo miedo de que me requisen la mercancía. Ya sabes lo que cuesta encontrar aceite hoy en día. Y para mí lo representa todo. Mi mujer y mis siete hijos me esperan en casa con el producto de la venta del aceite. Es el pan de todos nosotros —y para ilustrar sus palabras, puso la medida de aceite dentro de una de las tinajas del primer burro y la sacó llena a rebosar—. Como pago por tu hospitalidad te llenaré la tinaja de la cocina.

Con este último argumento, Alí Babá se convenció de la conveniencia de acoger al mercader en su casa. Le condujo al patio y le indicó que podía dejar los burros en el establo; cuando los animales estuvieron instalados, le invitó a entrar en la casa.

—Oh, no, no, no quiero molestar. Prefiero quedarme aquí, en el establo, con los burros. No os preocupéis por mí. Estoy muy cansado y me dormiré en seguida.

A Alí Babá le extrañó que el hombre rechazara su hospitalidad, pero no insistió demasiado; pensó que quizá quería descansar al lado de su preciada mercancía y vigilarla.

Cuando entró en casa, Alí Babá se lo explicó todo a Morgana, que estaba cocinando. La mujer se mostró conforme con la decisión de su marido de acoger al mercader.

—Cuando termine le bajaré un poco de caldo.

Alí Babá prohibió a sus hijos que fueran al establo a molestar al mercader, y después salió a hacer un recado.

—No tardes mucho, que la cena ya está casi lista —le dijo su mujer, cuando le vio salir.

Y continuó con lo suyo. Después de colar el caldo, llenó un cuenco y fue a ofrecérselo al mercader. Pero cuando estaba cerca de la puerta, oyó un rumor de voces. Muy despacio, se acercó.

—Esperaremos a que todos duerman para actuar —escuchó que murmuraba una voz de hombre.

—Pero es que se está muy incómodo dentro de las tinajas, inspector —se quejó uno de los policías escondidos.

—¡Chiiisss! ¡Silencio! ¿Es que queréis que nos descubran?

*La recua salió de la comisaría, atravesó
gran parte de la ciudad y llegó ante
la casa de Alí Babá.*

Con esto, Morgana ya tuvo suficiente para saber qué estaba sucediendo. Aquel hombre no era un mercader, sino alguien que se proponía secuestrarlos durante aquella noche. ¡Que Alá se apiadara de ellos! ¿Qué podían hacer? Aquella situación le recordó el famoso cuento de los cuarenta ladrones escondidos dentro de unas tinajas.

—¡Pues haré lo mismo que hacía la protagonista del cuento! ¡Actuaré con astucia! —dijo al fin, recuperada del susto inicial.

Silenciosamente, volvió a la cocina y, en lugar de un cuenco de caldo, preparó una gran bandeja de comida; puso en ella todo lo que había cocinado para cenar la familia aquella tarde. Acto seguido, fue a buscar un narcótico a base de opio que, en pequeñísimas dosis, hacía servir como remedio casero para el insomnio y los dolores, y lo vertió en la comida. Con este magnífico banquete bajó al establo. Antes de entrar llamó para que la oyesen llegar.

—¡Señor mercader! Le traigo un poco de cena. ¿Puedo pasar?

Escuchó unos pasos apresurados dentro del establo. Los zorros volvían a sus madrigueras.

—Sí, un momento..., un momento que me visto...

Era una excusa, por supuesto. ¿Quién se quitaría la ropa para dormir en un establo frío como una nevera?

—Ya podéis pasar —dijo, finalmente, el presunto mercader.

Morgana entró con la bandeja en las manos. Cuando el inspector Fahad vio lo que le ofrecía, se quedó impresionado de la hospitalidad de aquella gente.

—¿Dónde va con tanta comida, mujer? ¡Aquí hay para un regimiento!

—Mi marido me ha dicho que estáis muy cansado y que mañana tenéis que ir a vender al mercado de Kazimi-

Y para no quedar como un ingenuo y que los
norteamericanos se olvidaran de Alí Babá y su familia,
les dijo que en el último momento se complicaron
las cosas y tuvieron que matarlos a todos.

ya, que está a veinte quilómetros de aquí. Debéis reponer fuerzas.

—Pero esto es excesivo.

—En nuestra casa nos gusta tratar a los invitados como si fueran príncipes. Vuestro agradecimiento nos honra. No debéis dejaros nada o si no nos ofenderemos.

—Nada más lejos de mi propósito que ofenderos —dijo el impostor con un cierto remordimiento.

—Comed a gusto y dormid tranquilo. Mañana ya vendré a recoger los platos y la bandeja.

Morgana salió y cerró la puerta del establo, rogando que sus previsiones se cumplieran.

Cuando llegó Alí Babá, le explicó lo que había descubierto y lo que ella había hecho. Si todo salía como había previsto, el falso mercader compartiría la comida con sus hombres y, al poco rato, todos entrarían en un sueño profundo que les permitiría huir.

Y así fue. Efectivamente, el inspector Fahad compartió aquella abundante cena con sus hombres, tal como Morgana había imaginado, y todos se quedaron tan profundamente dormidos que no oyeron los preparativos para la huida, que contó con la valiosa ayuda de cuatro sufridos burros para transportar todo el ajuar de la casa. De nuevo, el ingenio de Morgana salvó a la familia de una situación delicada.

Al día siguiente, cuando el inspector Fahad y sus hombres despertaron, encontraron la casa vacía y una nota que decía: «¡Buen provecho!».

El inspector, al sentirse burlado, se enfadó muchísimo. Pero a medida que pensaba en ello, se iba calmando y consideraba el valor y la inteligencia de aquella mujer. Hasta que llegó un momento en el que la situación le hizo gracia. Se merecía aquel escarmiento, por querer

*La huida contó con la valiosa ayuda de cuatro
sufridos burros para transportar todo el ajuar
de la casa.*

perjudicar a una pobre gente. Y para no quedar como un ingenuo y que los norteamericanos se olvidaran de Alí Babá y su familia, les dijo que en el último momento se complicaron las cosas y tuvieron que matarlos a todos; pero lo hicieron con tal discreción que nadie del barrio advirtió nada.

Después de esta mentira, compartida por supuesto con sus hombres, que tampoco querían parecer unos bobalicones, el inspector Fahad tranquilizó su conciencia y se quedó bastante satisfecho. Eso sí, sin chocolate. «Matarlos no entraba en el trato», le dijeron los norteamericanos. «Causa de fuerza mayor», les respondió él, tal como les había oído decir a ellos en muchas ocasiones.

Pasó el tiempo. Alí y Morgana habían envejecido y vivían humildemente, pero tranquilos, en Jordania. Cuando la muerte los fuera a buscar, los encontraría en paz consigo mismo, porque habían cumplido todos los preceptos de su religión, procurando no hacer daño a nadie y ayudando a los necesitados.

# ALADINO Y LA LÁMPARA MARAVILLOSA

ALADINO era un joven de familia humilde, tenía doce años y muchas ganas de vivir; su padre había muerto en la guerra y su madre cosía ropa para un sastre. Vivían en el barrio de Ruzafa, en la parte antigua de Bagdad, muy cerca del río Tigris. La escuela a la que asistía era vieja y fría. Las paredes estaban desnudas, aunque no faltaba un gran retrato del presidente; había algún vidrio roto desde hacía meses, que nadie cambiaba. La profesora era una mujer alta y gorda, que no les regañaba a pesar de las travesuras que hacían a menudo. Aquella mujer siempre tenía aspecto de cansada y ni él ni sus compañeros se lo explicaban; ¡con las ganas de correr y saltar que tenían ellos! Pero de vez en cuando, algún compañero dejaba de ir a la escuela un día y ya no volvía; entonces, sin tener una conciencia clara de lo que sucedía, se detenían los juegos y las miradas se llenaban de tinieblas. Aladino preguntaba a su madre por qué de repente un niño dejaba de ir a clase, y siempre obtenía la misma respuesta: «Ha muerto de hambre, de miedo o de tristeza». Aladino permanecía unos días callado y triste, pero no le duraba demasiado, y, al final, recuperaba las ganas de jugar.

A veces, cuando salían de la escuela, un grupo de niños iban hasta Mustansiriya, que en tiempos de los abasidas, la antigua dinastía de califas instalada en Bagdad, había sido una universidad muy importante donde se enseñaba lo más avanzado en astronomía, farmacia y medicina. Se colaban en el patio central y husmeaban por las ventanas de las aulas.

Muchas tardes, Aladino y sus amigos subían a los tejados de la madraza y se pasaban largas horas contemplando el río. El Tigris dividía la ciudad y había diez puentes para cruzarlo de una orilla a la otra, siempre llenos de coches, camiones, bicicletas y carros. Las guerras los habían destruido y los habitantes de Bagdad, tozudos, los habían reconstruido una y otra vez. Desde allí, la puesta de sol teñía de un rojo vivo los tejados de las casas y los minaretes de las mezquitas. Alguna noche oscurecía sin que se dieran cuenta; volvían a casa a las tantas y encontraban a sus madres muy disgustadas por haber llegado tan tarde.

—¡Te he dicho mil veces que no quiero que rondéis por las calles a estas horas! —gritaba la madre de Aladino mientras él bajaba la vista, arrepentido.

Al margen de las horas que pasaba en la escuela, a Aladino le encantaba ir al zoco más cercano, donde intentaba llenarse los bolsillos de frutas y verduras sobrantes. Y siempre se quedaba embelesado observando cómo un herrero forjaba una pieza, un zapatero curtía un zapato o un escribano escribía una carta para una persona que no sabía hacerlo. Él quería aprender mucho en la escuela para poder escribir las cartas que quisiera.

Por las tardes, tras una cena austera con su madre, Aladino salía a pasear por la orilla del Tigris y observaba

*La escuela a la que asistía era vieja y fría.
Las paredes estaban desnudas, aunque no faltaba
un gran retrato del presidente; había algún vidrio roto
desde hacía meses, que nadie cambiaba.*

los restaurantes que cocinaban pescados a la brasa, abiertos y atravesados por un palo, como era la costumbre. Iba por la calle de Abu Nuwas, desde el puente de Jumjouriya hasta el del 14 de julio; éstos eran los nombres del tiempo de Saddam, y así continuaban llamándolos. No probaba bocado, pero oler se había convertido en un placer extraordinario; abría bien las fosas nasales, aspiraba a fondo, dejaba que los olores penetraran por su nariz bien adentro, casi hasta el estómago..., y se sentía feliz. Después, caminaba hasta el embarcadero, donde se hallaba el monumento a Scherezade, la heroína de los cuentos de *Las mil y una noches*.

Una tarde, muy cerca del agua, mientras observaba a un pescador, descubrió un objeto que brillaba en el agua. Se acercó con prudencia, lo tomó y, cuando lo tuvo en la mano, vio que se trataba de una lámpara. No era demasiado grande y parecía de cobre. Entonces, recordó el cuento que su madre le explicaba cuando era pequeño para que se durmiera. «¡Ahora no hay genios!», se dijo Aladino. Pero no pudo resistir frotar la lámpara; primero, suavemente, y después, con más fuerza. «Al menos, haré que esté más reluciente antes de llevarla a casa y regalársela a mamá», pensó. Pero se llevó el mayor susto de su vida cuando, de repente, la lámpara, dejando escapar un zumbido interior como de agua que hierve, comenzó a calentarse y a despedir un humo intenso, hasta que, finalmente, surgió de ella un genio. ¡Aquello no podía ser cierto, sólo sucedía en los cuentos! Aladino se restregó los ojos, se pellizcó las mejillas para asegurarse de que estaba despierto y observó, pasmado, al genio, que continuaba sentado frente a él.

—Mi amo —le dijo aquella extraña figura mientras inclinaba la cabeza—, te agradezco que me hayas sacado

*Aladino se restregó los ojos, se pellizcó las mejillas para asegurarse de que estaba despierto y observó, pasmado, al genio, que continuaba sentado frente a él.*

de las tinieblas. ¡Hacía cientos de años que no salía de la lámpara!

—¿Eres un genio de verdad o estoy soñando? —le preguntó Aladino, todavía un poco asustado.

—No —le respondió el genio—, no es ningún sueño. Los genios existimos desde el origen del mundo y existiremos siempre. Nuestra misión es servir a nuestros amos.

—¿Servirme? —contestó Aladino, incrédulo—. ¿Cómo puedes servirme?

Entonces, el genio le explicó que podía concederle tres deseos, pero le aclaró que no debía pedir cosas demasiado importantes, porque él no era un genio de primera categoría.

—¿Qué significa que no eres de primera categoría?

—Pues es muy fácil. Igual que en fútbol hay equipos de primera, segunda y tercera categoría, en el mundo de los genios funciona de la misma manera: hay genios de diferentes categorías. Si a partir de los deseos de nuestros amos aportamos cosas importantes al bienestar del mundo, subimos de categoría.

—¿Y quién decide eso?

—El Consejo de Notables Geniales.

Cuanto más escuchaba Aladino, más se sorprendía. No, no podía ser cierto todo aquello. Pero, ¿y si lo fuera? La mejor manera de comprobarlo era que lo demostrara.

—Si yo te pidiera un deseo, ¿me lo concederías?

—Si es un deseo pequeñito...

—¿Cómo de pequeñito?

—Pues..., te diré algunas cosas que no me puedes pedir para que entiendas a qué me refiero. Por ejemplo, no tengo ningún poder sobre la vida o la muerte de las personas, ni puedo trasladarte a otro lugar, ni hacerte rico, ni eliminar a un asesino o evitar una guerra...

Aladino se encogió de hombros y le preguntó:

—Entonces, ¿qué puedes hacer?

El genio le contestó que podía concederle muchos favores sin que se tratara de cosas extraordinarias. Y le recomendó que pensara en su vida diaria, en lo que él hacía, en lo que hacía su madre, los compañeros... Entonces, Aladino tuvo claro en seguida qué le pediría.

—¿Podría zamparme un pescado como los que se están comiendo aquellas personas? —preguntó, señalando un restaurante cercano.

—¡Por supuesto!

Aún no había terminado de pronunciar estas palabras, que Aladino se encontró ante una gran bandeja que contenía una carpa recién cocinada, abierta por la mitad, sazonada con sal y especias, que desprendía un olor delicioso.

—¡Caramba! —exclamó. Y sin esperar más, comenzó a devorarla.

Cuando llevaba un rato comiendo, procurando no quemarse los dedos, respiró profundamente y pensó que el resto del pescado lo guardaría para su madre. De hecho, tenía ya el estómago muy lleno. Alzó la cabeza y miró al genio, que sonreía satisfecho a su lado.

—Y si te pido otra cosa, ¿me la concederás?

Entonces, el genio le explicó cómo funcionaba el Reglamento General de las Concesiones de Deseos. Podía pedir tres deseos, como siempre se había hecho.

—¿O es que no has leído nunca ningún cuento? —le recriminó.

Los podía pedir todos a la vez o uno a uno. Ahora bien, la concesión de deseos no era permanente; es decir, una vez satisfechos los tres primeros, no se podía volver a pedir ninguno más hasta que hubieran pasado tres meses. ¡Había que recargar de nuevo las pilas!

Aladino era un joven prudente y prefirió reflexionar sobre cuáles serían los dos deseos siguientes. Le comunicó al genio que, de momento, estaba servido, y éste regresó a la lámpara. Aladino se marchó a casa llevando este preciado objeto en una mano y medio pescado en la otra. Su madre, cuando vio aquella magnífica media carpa todavía caliente, se puso muy contenta. Su hijo le contó que se la habían regalado en un restaurante, y la buena mujer se lo creyó. No quería explicarle la historia de la lámpara, prefería mantenerlo en secreto.

Aquella noche, Aladino apenas pudo conciliar el sueño. Al día siguiente, en la escuela, le explicó lo sucedido a su mejor amigo, Jamil, un niño que había visto cómo moría, primero, su hermana mayor, a consecuencia de la explosión de una bomba cuando volvía de la escuela, y, después, otro hermano que había ido a jugar a fútbol con unos amigos y ya no regresó: ahora era su madre la que estaba enferma. Para que él y otro hermanito pudieran salir adelante, la mujer había estado comiendo tan poco, que cuando contrajo la gripe, se puso realmente enferma. Por eso, Jamil preguntó a Aladino:

—¿Crees que ese genio podría conseguir algunas medicinas para mi madre?

Aladino lo vio claro en seguida. Ésta era una buena razón para pedir el segundo deseo. De modo que, cuando salieron de la escuela, corrieron hacia un rincón alejado del río, Aladino frotó la lámpara y el genio volvió a salir. Entonces, le pidió que les proporcionara antibióticos para la madre de Jamil.

—Oh, antibióticos, antibióticos —protestó el genio—. Vosotros pensáis que conseguir eso es tarea fácil. Pero yo no puedo hacer aparecer de la nada un camión repleto de antibióticos. Es un material escaso, incluso para los genios.

—¿Cuántos podrías darnos? —le suplicó Jamil.

—Como máximo por deseo, cinco cajas.

Los dos amigos se miraron, lo aprobaron con un gesto y Aladino sólo pronunció una palabra:

—¡Hecho!

Y allí mismo, sobre una piedra, aparecieron cinco grandes cajas de antibióticos. Jamil las cogió rápidamente, abrazó a Aladino y corrió hacia su casa.

El tercer deseo de Aladino fue una máquina de coser para su madre. Sabía que hasta que no transcurrieran tres meses no podría pedir nada más. Su madre, con aquella máquina de coser, pudo hacer mejor y más deprisa su trabajo. Pero lo mejor de todo fue que, con los medicamentos, la madre de Jamil se curó, aunque no del todo.

Al cabo de tres meses, Aladino volvió a formular las peticiones. Consciente de los límites que existían, pedía cosas tan normales como una caja de fruta, ropa, más medicamentos para la madre de Jamil o para algún vecino que los necesitara y latas de gasolina que, después, revendía en algún semáforo.

Fueron pasando los días y los meses; pero salir a la calle continuaba siendo un riesgo. En cualquier esquina, mezquita, mercado, o, incluso, delante de una escuela, podía explotar una bomba. En Bagdad, mañana era una palabra que todos desconocían; la gente vivía el momento.

Los norteamericanos dijeron que invadían el país para derrocar al dictador, pero se habían quedado y lo habían ocupado. Se habían celebrado elecciones, pero la violencia en las calles no había cesado. ¡Parecía que los seguidores de Bin Laden disfrutaban colocando bombas por doquier! En vez de mejorar, la situación era peor que antes, porque aparte de los soldados extranjeros, estaba el ejército iraquí, y, además, las milicias, que no se sabía de dónde salían, que asesinaban y hacían desaparecer a la gente. Aladino había visto cómo muchos de sus amigos y amigas de la escuela se habían quedado huérfanos por la muerte o desaparición de su familia; entonces, como no tenían de qué vivir, caían en manos de bandas criminales, que los explotaban y maltrataban. Alguna tarde se había encontrado una vecina huérfana de su edad esnifando cola junto a un semáforo y le había dado mucha lástima. Por eso, la siguiente petición que formuló al genio fue la de que ayudara a aquella niña.

De la veintena de alumnos de que estaba compuesta su clase, a veces sólo asistían dos o tres. Un día, cuando salía de la escuela, vio cómo se detenía un coche, cómo salían de éste cuatro hombres y se llevaban a una niña, Jadija; sólo tenía diez años, y sus padres tuvieron que vender la casa y el coche para pagar el rescate que pedían sus secuestradores.

Cuatro veces al año, Aladino hacía sus peticiones al genio. Se había acostumbrado a programarlo muy bien y reflexionaba largamente sobre lo que pediría. Así pasaron unos cuantos años. En Bagdad, habían muerto muchos niños y niñas de hambre. Primero, por el embargo, mientras el dictador vivía bien alimentado en sus palacios; después, por la invasión y la posterior ocupación anglo-americana. Aladino pensaba que daba igual quién gobernara, un tirano con galones de general, un monarca con corona o un civil con el beneplácito de las tropas ocupantes, puesto que las cosas continuarían igual de mal. Alguna vez había llegado a pensar que Alá debía de estar de vacaciones en algún lugar del mundo occidental, porque aquello no era justo.

Finalmente, con la ayuda del genio y sus pequeños favores, Aladino consiguió matricularse en la Universi-

*Su madre, con aquella máquina de coser,*
*pudo hacer mejor y más deprisa su trabajo.*

dad, que había perdido el prestigio y el esplendor de los que gozara en el pasado. Ahora, el asesinato de profesores estaba a la orden del día y las condiciones de estudio resultaban precarias. Aun así, Aladino se esforzó hasta convertirse en uno de los mejores estudiantes de Derecho. Jamil también se había hecho mayor; su madre y sus hermanos se habían salvado gracias a los medicamentos que el genio les había ido proporcionando y ahora trabajaba en las oficinas de un cuartel militar cercano al aeropuerto de Bagdad. Ciertamente, no era un trabajo que le gustara demasiado, pero los estudios no le habían ido tan bien como a Aladino y había tenido que aceptar lo primero que encontró. «Y aún he tenido suerte», decía, resignado, «porque hay mucha gente desocupada». Había hablado mucho de ello con Aladino antes de decidirse. Su amigo no lo veía con buenos ojos, pero reconocía que vivir en estos tiempos era muy difícil y había que trabajar en lo que fuera. Algunos conocidos acusaban a Jamil de traidor, de colaborar con el invasor, pero él replicaba que si aquella gente eran los dueños de todo, entonces trabajara donde trabajara se encontraría en la misma situación. Y de alguna forma tendría que ganarse el pan, ¿no?

A pesar de estar ocupado en su mayoría por tropas iraquíes, en el cuartel todavía quedaba un batallón de militares norteamericanos, que, de hecho, eran quienes lo dirigían. A veces, Aladino iba a buscar a Jamil al trabajo y, juntos, paseaban por las orillas del Tigris, como cuando eran pequeños. Un día, mientras esperaba un poco retirado de la entrada, vio cómo salía un jeep conducido por una soldado norteamericana. El automóvil se detuvo un momento para tomar la carretera principal y la pudo observar perfectamente: era una chica joven, de cara redonda y tez morena, y ojos muy grandes. Ella se dio cuenta de que la observaban y también le miró. Entonces, en lugar de topar con la habitual mirada soberbia y altiva de los ocupantes, Aladino encontró una mirada noble y tierna, que le robó el corazón. Tanto le impresionó que, cuando llegó su amigo, no dejó de hacerle preguntas al respecto: «¿quién es?, ¿cómo se llama?, ¿qué hace?, ¿de dónde es?, ¿sale cada día?, ¿a qué hora?».

—Demasiadas preguntas para no tener ninguna respuesta —le dijo Jamil, que no sabía nada de la joven.

Desde aquel día, Aladino no pudo alejar de su pensamiento a aquella chica. Un día, en clase, confesó a un compañero que estaba enamorado; pero éste se escandalizó.

—¿Te has enamorado de una norteamericana? ¿Cómo has podido hacer una cosa así? Esa gente no tiene corazón, son unos asesinos; ¿has olvidado lo que les han hecho a nuestros padres y a nosotros mismos?

Aquel muchacho formaba parte de la resistencia y Aladino pensaba que seguramente tenía razón, pero no podía dejar de pensar en la chica norteamericana. Estaba locamente enamorado de ella. «Algún norteamericano bueno debe haber», se decía.

Jamil se convirtió en su «cupido» y le daba información de la chica. Ya sabía que se llamaba Susan, que era huérfana y que había ido a vivir a Estados Unidos desde México; era lo que llamaban una «hispana», y no estaba casada.

—¿Qué más? Dime más cosas sobre ella —suplicaba Aladino, a quien todo parecía poco—. ¿Y si le hicieras llegar una nota mía?

Y así lo hizo. A modo de presentación, se limitó a enviar una traducción al inglés de unos versos del poema *El canto de la lluvia,* del poeta Al Jayyab. Mientras esperaba una respuesta, le pareció que el mundo se había detenido y las horas se le hacían eternas. Apenas comía y rendía menos en sus estudios. ¡Estaba profundamente enamorado! Pero los días pasaban y no recibía respuesta de su amada. De manera que, ansioso, hizo salir al genio de la lámpara y le pidió que intercediera en el asunto.

—¿Quién crees que soy? ¿Un agente matrimonial? ¡Yo no caso a la gente! —le replicó el genio, enojado por su petición.

—Pero algo podrás hacer para que ella me haga caso.

—Sólo te daré un consejo. Insiste con la poesía. A las mujeres les gustan los versos, aunque sean soldados.

Aladino siguió el consejo del genio, y, justo cuando hacía ocho días con sus respectivas ocho noches que escribía un poema diario a su amada sin obtener respuesta, Jamil salió del trabajo con una sonrisa que iba de oreja a oreja.

—Hoy me ha preguntado quién eres, de qué la conoces, de qué nos conocemos tú y yo y a qué te dedicas.

—¿Y qué le has dicho?

—Te he puesto por las nubes.

Aladino estaba extasiado. Jamil había hablado de él a Susan y decía que ella le había escuchado con atención.

—Entonces, le he preguntado si deseaba escribirte algo y me ha contestado que se lo pensará, que quizás lo haga.

En un arrebato de felicidad, Aladino le dio un beso a su amigo por la ocurrencia y se puso a saltar y a bailar.

—Estás completamente loco. Sólo ha dicho que se lo pensará...

—Con eso tengo suficiente. Que piense en mí ya me llena de alegría.

Sin embargo, Susan no se lo pensó demasiado y, al día siguiente, Jamil llevó la respuesta. En su carta sólo repetía las preguntas que había hecho a su amigo el día anterior. Aladino, en cuanto llegó a casa, se puso a escribir una larga respuesta en la que le hablaba de su familia, de sus estudios, de sus ilusiones...

A partir de aquel momento, la correspondencia entre Aladino y Susan se fue haciendo periódica, hasta que un día se citaron en un café de Bagdad. Aladino escogió un lugar neutral, en el que no hubiera demasiados extranjeros que le incomodaran, y en el que tampoco sólo hubiera iraquíes que miraran mal a Susan.

Aladino estaba tan nervioso que, media hora antes de la cita, ya estaba sentado a la mesa, con un té delante, fumando un narguile. Cuando al final apareció Susan, le pareció que el cielo había estallado en una sinfonía de colores maravillosos. Enmudecieron todas las voces; el mundo se detuvo. Allí sólo estaban ella y él. La joven llevaba un pañuelo alrededor de la cabeza para pasar inadvertida y no llamar la atención. Se sentó delante de Aladino y, por primera vez, él la miró de cerca: era de piel morena, tenía la cara redonda y unos ojos que parecían hablar.

Al principio, los dos se sintieron un poco cohibidos. De hecho, por las cartas, sabían muchas cosas el uno del otro, pero era tan diferente tenerse enfrente... Ella le explicó que había dudado en venir hasta el último momento. No lo había comentado con ningún compañero del cuartel porque tenía miedo de que no lo entendieran y de que le causaran problemas. Incluso, no estaba del todo segura de si ella misma lo entendía. Él, por su parte, le comentó que también tenía algunos compañeros que no aprobarían en absoluto que hablara con una norteamericana. Entonces le propuso ir a pasear por la orilla del Tigris, y ella accedió. Paseando por allí, Aladino se sentía más seguro; nadie podía oírles, veían el cielo, los márgenes del río, ahora abandonados y sucios; pero aquél era su territorio. Entonces se animó y comenzó a explicarle las travesuras que hacían cuando eran pequeños por el río.

—Una vez, Jamil y yo pusimos a escondidas cúrcuma en el té de un amigo que nos había hecho una mala jugada, porque la tradición dice que así no le crecería el bigote. Y, como habrás podido comprobar, a los iraquíes nos gusta mucho llevar bigote.

Ella escuchaba atentamente y sonreía, pero sin expresar la alegría que Aladino hubiera deseado.

—Imagínate que le hubiera quedado la cara llena de porquería —reía Aladino, enseñando sus blancos dientes, para ver si le arrancaba una carcajada.

Entonces, ella le explicó que se sentía muy sola; llevaba diez meses allí y era la única mujer del batallón. A menudo, sus compañeros la molestaban e, incluso, en una ocasión, uno de ellos intentó abusar de ella. Tenía muchas ganas de volver a su país y dedicarse a otras cosas.

—Entonces, ¿por qué te hiciste soldado?

—Porque no tenía trabajo y necesitaba emplearme en alguna cosa. Hacerse soldado profesional es un medio de vida. A los ricos los verás poco en el ejército. Los que nos enrolamos no tenemos demasiadas posibilidades profesionales; pensamos que ésta es una buena opción..., y nos equivocamos. Hay que ser de una manera muy especial para que la vida militar arraigue en uno y le guste; y no es mi caso.

—¿Y tú qué sabías de mi país antes de venir aquí? —preguntó Aladino.

—Pues que estaba gobernado por un dictador muy cruel, que se había aliado con Bin Laden para, juntos, extender el terrorismo por todo el mundo.

—¡Eso no fue así! —protestó él.

—*El tiempo ha pasado demasiado rápido.
¿Volveremos a vernos?*

Entonces, Aladino le explicó que, en realidad, Saddam Hussein era un dictador cruel, pero que nunca se había aliado con Bin Laden porque pertenecían a etnias y a corrientes islámicas muy diferentes. Bin Laden provenía de Arabia Saudita, un país amigo de los norteamericanos, y contra los cuales se había vuelto por oscuros motivos. Tampoco era ciero que Saddam Hussein tuviera armas de destrucción masiva en el momento de declarar la guerra a Irak. Las había tenido, sí, y la mayoría las habían comprado a los norteamericanos cuando eran amigos.

—En realidad, esta guerra sólo tuvo un propósito: el control del petróleo de Irak —acabó diciendo Aladino—. ¿La paz? La paz les importaba muy poco. Si no, mira en qué situación nos encontramos ahora. Cada día hay decenas de muertos en las calles y los atentados terroristas han aumentado. Ahora sí que Bin Laden campa a sus anchas, por Irak y por todo el mundo.

Susan no sabía nada de todo aquello; ella permanecía encerrada en el cuartel y salía a patrullar cuando le tocaba. A veces, había visto y oído cosas que no cuadraban con lo que les habían dicho sus superiores: que iban a salvar Irak, que todo el mundo estaba de su parte, que los iraquíes los esperaban y los recibirían con los brazos abiertos... Pero sucedían cosas que le hacían dudar. Y la duda se había convertido en una mala conciencia que le mortificaba.

Se había hecho tarde y Susan tenía que volver al cuartel. Aladino le miró con ternura, y le dijo:

—El tiempo ha pasado demasiado rápido. ¿Volveremos a vernos?

Y volvieron a verse. Con la mediación de su cartero personal, que era como Susan se refería a Jamil, continuaron acordando citas. Los paseos por la orilla del Tigris

*Un cielo en el que llegaría un día en que sólo
brillarían las estrellas y la luna. Nunca más aviones.
Nunca más bombas.*

se fueron haciendo habituales. Sin embargo, a menudo, la tristeza por los que habían muerto en atentados terroristas les llenaba de impotencia. Susan tenía mucho miedo. Aladino enmudecía; miraba hacia arriba, la cogía fuerte de la mano y juntos caminaban en silencio. Con demasiada frecuencia, en el cielo se apreciaba una columna de humo que provenía de algún incendio provocado por una bomba.

Con el conocimiento llegó el respeto; con el respeto, la confianza, y con la confianza, el amor. Susan también acabó enamorándose de aquel muchacho tímido, afable e inteligente, que le descubría la otra cara de la realidad de su país y de su gente. Y con este descubrimiento, crecía en ella el miedo y el rechazo hacia sus compañeros militares, con quienes apenas hablaba de otra cosa que de trabajo.

Un día, llegó al cuartel la noticia de que el batallón de Susan iba a ser relevado. Al enterarse, Aladino le propuso que se quedara. Ella, cuando contemplaba el panorama desolador de Bagdad, sentía escalofríos por todo el cuerpo; pero amaba a Aladino, y, después de pensarlo detenidamente, decidió quedarse. En su país no la esperaba nadie. De hecho, siempre se había sentido como una extranjera. «Forastera por forastera, pues, aquí tengo un hombre que me quiere», pensó. Y no volvió a Estados Unidos.

La madre de Aladino acogió a Susan y la quiso como a una hija. A partir de aquel momento, la petición reiterada de Aladino al genio, una vez cada tres meses, era: «¡Ayúdanos en lo que puedas!». No quería abusar. Y el genio, contento con aquel amo tan poco exigente, que se conformaba con un par de libros, algunos metros de tela o una docena de carretes de hilo, siempre le satisfacía. Estaba convencido de que con aquel muchacho sensato y bondadoso estaba ganando muchos puntos para aumentar de categoría.

Ya fuera gracias a la ayuda del genio o, quizá, simplemente, como resultado de su perseverancia, Aladino acabó sus estudios con muy buenas calificaciones. Susan aprendió a coser en la vieja máquina de su suegra y se convirtió en una excelente modista. Las penurias del país continuaban. Costaba levantar cabeza después de tanta devastación, pero se tenían el uno al otro y eso era lo más importante. Gracias a Susan, Aladino comprendió mejor aquello que llamaban América del Norte, y Susan también fue comprendiendo cada vez más aquella tierra que un día fue Mesopotamia. Tuvieron dos hijos y una hija, y por las noches, subían todos juntos al terrado de su casa y contemplaban el cielo. Un cielo en el que llegaría un día en que sólo brillarían las estrellas y la luna. Nunca más aviones. Nunca más bombas. Nunca más sangre.

Para entonces, quizás el genio ya habría hecho suficientes puntos y sería elevado a la categoría de honor por los siglos de los siglos. Y con un genio de primera categoría, Aladino podría hacer maravillas.

# FIN

جلوريا أريمون

# حكايات من بغداد

مجموعة Ursa Maior

حكايات من بغداد
العدد الأول 2011
العنوان الأصلي: Contes de Bagdad

حقوق الطبع 2007، 2011، جلوريا أريمون فينتورا
حقوق الطبع 2007، 2011، علي بابا، جلوريا أريمون فينتورا ويوسف لورمان رويج
حقوق الطبع لهذا العدد: ICG Marge, SL
ترجمة إلى الإنجليزية: إفا كانيادا
ترجمة إلى العربية: فادي هديب
الرسوم التوضيحية للغلاف: هيلانة رويز
صورة الغلاف: جلوريا أريمون فينتورا

الناشر: Marge Books – شارع فالينثيا 558، الطابق العلوي 2 – 08026 برشالونا، اسبانيا
هاتف: 130 449 34-932+ فاكس: 865 310 34-932+ الموقع الألكتروني: www.marge.es

مدير النشر: ديفيد سولير
المحررين: هيكتور سولير، لورا ماتوس، آنا بالاثيوس
تحرير: ساندرا مارتينيز
شارك في التحرير: ليانه فيرلي
محرر الإنتاج: ميغيل آنجل رويج
محرر الهامش: مرسيدس لارا
طبع من قبل: Més Gran Serveis Gràfics i Digitals (Santa Coloma de Cervelló, Barcelona)

ISBN: 978-84-15340-17-1
D.L.:

# جلوريا أريمون

بالتعاون مع يوسف لورمان

# حكايات من بغداد

هذه العدد هو جزء من مشروع التعليم من أجل السلام:

**MARGE BOOKS**

ملتزمون مع العالم (Compromesos amb el món) هي عبارة عن منظمة غير حكومية صغيرة، تأسست في عام 2007 في كاتالونيا. نقوم بدعم وتعزيز مشاريع التعاون الدولي. التعليم الهادف إلى السلام هو واحد من أهدافنا الرئيسية. نقدم هذا الكتاب إلى جميع المنظمات التي تعمل من أجل ذات الهدف.

للمعلومات والاتصال: www.compromesos.cat.

ملاحظة:

إذهب، إلى www.marge.es لجمع بعض المقترحات الموجهة للذين يرغبون في العمل على المشاكل التي يعيشها العراق، ولمناقشة العادات والتقاليد والقيم والتي تهدف إلى التعليم من أجل السلام.

# الفهـــــرس

قيدوا بالسلاسل أمواج دجلة .
كيف سنحلم اليوم بالسفر؟
و إلى أية جزيرة سنذهب؟

سركون بولص "شاعر عراقي"

المقدمـــــــــة

الحكايات التي سنعرضها في هذا الكتاب، تتركز على ثلاث شخصيات من حكايات ألف ليلة وليلة، وحكايات ألف ليلة وليلة لها أصول مختلفة.
فأقدم القصص أتت من الهند، والقصص من الأصل الفارسي تشكل مجموعة أخرى، وهناك مجموعة ثالثة، تشمل الحكايات ذو الطابع الاسلامي والتي أتت من العراق، وأخيراً، هناك مجموعة رابعة من الحكايات الموجودة في مصر.
هناك وثائق عديدة مكتوبة باللغة العربية منذ القرن التاسع. وفي العام 1704 نشر فرانسيس غالاند، أول مجلد مترجم، وهكذا وصلت هذه الوثائق إلى الشعوب الاوروبية بنجاح كبير. ولذلك قاموا بإدراج قصص جديدة في القرن التاسع عشر، مثل السندباد البحار، وفي وقت لاحق قاموا بإدراج بعض القصص الأخرى، والتي إنتشرت بشكل منفصل، مثل علي بابا والأربعين حرامي ومصباح علاء الدين السحري.

وتبدأ حكاية ألف ليلة وليلة عندما يكتشف حاكم بغداد؛ الملك شهريار، أن زوجته تقوم بخداعه مع رجل آخر. ومن شدة غضبه، يقرر، أن يجلب الى سريره كل يوم فتاة نبيلة عذراء، ويقوم بقتلها مع شروق الشمس. وتلعب شهرزاد إبنة أحد الوزاراء، الشخصية الرئيسية للحكايات، وذلك عندما تعتزم إنهاء القتل اليومي للفتيات. ولذلك، تطلب لقاء الملك لتقص عليه في كل ليلة حكاية، ولا تنهيها حتى شروق الشمس، وبهذه الطريقة لن يقتلها الملك لأنه يريد معرفة نهاية القصة، ولذلك فعليه إنتظار حلول الليل لإكمال الإستماع. وتحوي الحكايات مواضيع شيقة ومختلفة، مثل: الحب، الروائع، المغامرات، المؤامرات وشجاعة الفرسان.

أما قصص السندباد وعلي بابا وعلاء الدين، فكانت عبارة عن إضافة للقصص القديمة، ونحن موجودون في العراق اليوم، لأن أرض هذا البلد تتزامن بجزء من الذي كان معروفاً في العصور القديمة بإسم بلاد ما بين النهرين؛ نهري دجلة والفرات، اللذان يصبان في الخليج الفارسي. ومنذ أكثر من 5500 عام، تم إختراع أحد أولى أشكال الكتابة في تلك البلاد.

وفي عام 1990 عندما هاجمت أمريكا وبريطانيا العراق، قامت بقصف المرافق الهامة وعلى رأسها مصانع الورق العراقية، وفرضت الأمم المتحدة حظر على التسويق الخارجي، وكانت الفنون التخطيطية والرسم والطباعة من بعض المنتجات العراقية المحظورة. وفي الوقت ذاته، حظرت إستخدام أقلام الرصاص للكتابة، مع الحجة القائلة بأنها تحتوي على مادة الجرافيت، التي يمكن أن تكون قابلة للاستخدام العسكري.

وعلى مر التاريخ، وفي جميع أنحاء العالم عاش الفتيان والفتيات بتجارب الحب والمغامرة، وذلك في أماكن مختلفة

جداً عن الأماكن التي نعيش فيها نحن. فكلنا نتشارك الرغبة في التعلم واللعب والمرح والحب.... فمنذ عدة سنوات يعيش الشباب العراقي حياة مختلفة عن التي نعيشها نحن، وذلك بسبب الحروب، وبسبب ذلك الدكتاتور أولاً، وثانياً بسبب الاحتلال الأمريكي للعراق.

خلال السنوات الأولى للإحتلال، قُتل مئات الآلاف من الناس، وكان الثلث من القاصرين، وتشرد العديد منهم وهاجر إلى خارج البلاد واحد من بين كل ثمانية أشخاص.

العاصمة بغداد، ليست متصلة بالبحر، ولذلك فإن المخرج الوحيد للخليج الفارسي يكون عن طريق البصرة؛ المدينة المتواجدة في الجنوب وبعد أن يكون قد إلتقى نهري دجلة والفرات معاً. وفي هذه المدينة وما قبل الإحتلال، كان هنالك تمثال في الشارع يمثل السندباد وهو يراقب البحر.

في بغداد، وفي ساحة كبيرة، هنالك عدد من التماثيل التي تمثل علي بابا والأربعين حرامي، وبعض الشخصيات الأسطورية الموجود في جميع أنحاء البلاد.

العام 2002 في البصرة، تعارفت على فتيين يعملان في تنظيف الأحذية، كانا يعملان في الصباح ويذهبان إلى المدرسة في المساء. وقالوا لي بأنهم سعداء. ومن على مسافة بعيدة، وبعد مرور زمن طويل، أتذكرهم في كثير من الأحيان، فضلاً عن المناظر الطبيعية للعراق، كالصحراء، الأراضي الخصبة، السواحل واطلال الحضارات القديمة... وخصوصاً نظرات الفتيان والفتيات في الطرقات.

كلنا نريد أن نعيش بسعادة مثل الشخصيات التي في القصص منذ عدة قرون. فأنا لا أستطيع ولا أريد أن أنسى ذالك اليوم، عندما أغمضت عيني وبدأت في تخيل ألابطال القدامى؛ السندباد، علي بابا وعلاء الدين... والملابس ومشاكل الشباب في العراق اليوم.

ومن هنا نشأت هذه القصص التي فيها تعيش نظرات منظفي الأحذية، ونظرات الأطفال وهم يلعبون في ساحات المساجد، والذين يدرسون في المدرسة أو الذين يرقدون في أسرّة المستشفيات.

وتمثل قصص ألف ليلة وليلة إنتصار الفن والثقافة على الهمجية، والتي أدت في نهاية المطاف وبعد ليال طوال من الإستماع للقصص، إلى أن يغفر الملك عن حياة شهرزاد، من خلال الكلمة، الكلمة التي تحولت الى حقيقة. ومن هنا، نتمنى أن تساعدنا *حكايات من بغداد* على فهم أن الكلمة والحق، هي الأسلحة الوحيدة التي يجب أن نستخدمها في الصراعات والنزاعات.

ما يحدث الآن في العراق ونشاهده تقريبا بشكل مباشر من خلال التلفاز، يجعلنا نخاطر على أن نعتاد على رؤية آلام الآخرين، وأن نكون في مأمن من المعاناة والموت.


نأمل أن تكون قراءة هذه القصص، مع التأمل والخيال، أن تساعدنا في استعادة الواقع.

وإلى جميع الشباب، يمكننا أن نغير الواقع، فكل شيء يعتمد علينا.


جلوريا أريمون

المكان جميل جداً، حيث يوجد فيه نهري دجلة والفرات، وكما يقال أنها كانت الجنة على الأرض. تجري الماء في كل مكان تشكل الأنهار والجداول والقنوات والبحيرات. وهناك كانت أشجار الفاكهة بجميع أنواعها: المشمش والبرتقال والتفاح والكمثرى... وخاصة أشجار النخيل طويلة الجذوع، وقطوف التمر الحلوة معلقة على تاجها. ولم يفتقد هذا المكان الجميل من الحيوانات، فكان هناك: الطيور والخيول والحمير والماعز والأغنام والقطط والخفافيش... وفي هذه المنطقة حيث يلتقي النهرين كانت هناك بلدة صغيرة، تسمى القرنة، ومن هناك تشكل نهر شط العرب، وطوله مائة كيلومتر تقريباً بإتجاه الجنوب، ويصب في الخليج الفارسي. وهذا النهر عميق، بحيث يسمح بمرور السفن الكبيرة الآتية من البحر.

في العام 637، وبين قنوات المياه وبساتين النخيل، بنى أحد الخلفاء مدينة؛ البصرة: التي تقع في أسفل النهر، والتي سرعان ما سكنها الآلاف من الناس، وبالقرب من البحر قام ببناء ميناء: أم قصر، لترسوا فيها قوارب صيد السمك وسفن التنقل. وفي غضون سنوات قليلة، وصل هؤلاء الرجال إلى الصين، وأبحروا إلى ما وراء الحدود، إكتشفوا آفاق جديدة، وعوالم مختلفة الألوان والأذواق، نظرات ولغات وحب...

وبعد عدة قرون، سكن في البصرة شاب طويل القامة، داكن البشرة، إسمه سندباد، عيونه كبيرة ومستديرة وشعره أسود وأجعد. حامد، أحد أعمامه، بشرته جافة ومتجعدة لمرور السنين، وبدأت التجاعيد بالظهور عندما توفيت أمه أثناء الولادة في الابن الثاني. توفي والده قبل بضعة أشهر فقط، فقد أصيب بحمى شديدة، وفي غضون أسابيع قليلة غير المرض ذلك الرجل القوي المعافي إلى رجل هزيل من اللحم والجلد.

وكان يقضي سندباد يومه في الشارع، أولاً يلعب مع الأطفال، وبعد اللعب كان يذهب ويبحث عن لقمة العيش. وغالباً ما كان يذهب إلى النهر لإلقاء نظرة على الجزر الصغيرة وسط صخب المياه والسفن التجارية المارة. وكل مرة وعلى نحو متزايد، كانت تصل السفن من الخارج، بعضها ممتلئة ببضائع لم تكن موجودة عندهم، وأخرى على متنها رجال من مختلف الأجناس والألوان. ففي أحد الأيام وعندما أكمل سندباد الثالثة عشرة من عمره وعندما كان يشاهد الرجال الذين ينزلون من السفن، قرّر: "سأكون بحاراً". وهكذا كان. وعمه كان قد مات، وليس لديه أية مسؤولية للاعتناء بأحد. ففي السنوات الأولى عمل سندباد كمساعد على متن سفينة كبيرة، ولكن سرعان ما جمع ما يكفي من المال لشراء سفينة صغيرة يملكها، وهكذا لن يضطر للعمل عند أي مسؤول آخر. وفي وسط البحر، كان يشاهد تحليق طيور النورس؛ فإذا أتى فصل الشتاء كان يحرص على أن تلامس الشمس وجهه وذراعيه؛ وإذا أتى فصل الصيف؛ كان يحرص على أن يحمي جسده تحت مظلة من شدة الحر. وفي وسط البحر، كان سعيداً. أحياناً كان يشعر بوحده وأحياناً بأن لديه رفقه. فيضع الطعم في الصنارة آملاً أن يصطاد سمكة، فلم يكن في عجلة من أمره كما لو أن الوقت قد توقف.

في السنوات الأولى أبحر سندباد على متن سفينة، والتي كان
يعمل عليها كمساعد.

كان سندباد شاب نشيط، يصحوا باكراً في كل يوم، وكان يبدو عليه أنه من السهل جداً الذهاب لصيد السمك كل يوم. فلم يتوقف يوماً عن النظر الى الأفق، وفي المساء، وعندما كان يصل الى كوخه، كان يعد النقود التي جمعها من بيع السمك. وفي كل ليلة كان يفكر في عدد السنين التي سيعمل بها من أجل جمع مبلغ كبير من المال، ليمكنه من شراء سفينة جيدة، والتي من شأنها أن تسمح له على المضي قدماً. ومعظم الفتيان في عمره؛ الذين يعيشون مع أسرهم، كانوا ينتظرون أن يختار لهم والديهم الفتاة التي سيتزوجوا بها، لكن سندباد لم يكن مستعجلاً. فكان من الواضح أنه معجب بالفتيات، ولكن... أراد أن يؤجل الأمر لوقت لاحق، لأنه كان مقتنع تماماً، أن لديه أمور أهم للقيام بها في الوقت الحالي.

وفي ليلة هادئة، خرج سندباد إلى الشارع، وعكست قناة الماء التي تمر من أمام بيته ضوء القمر المستدير، وعنما كان ينظر إليه كان يعتقد أن القمر يغامزه. أحب سندباد كل شيء من حوله، فكان يشعر هكذا من أعماق قلبه، وكان يتذكر تلك الرحلة والأصدقاء والنهر وسوق السمك وشارع الوزان المزدحم ومآذن المساجد الكثيرة والجسور التي تمر عبر القنوات والمخابز العديدة... ولكن، هناك شيء بحاجة للتغيير!. فمع كل هذه الذكريات ذهب سندباد إلى المقهى ليشرب الشاي مع الأرجيلة وليلتقي مع الأصدقاء. وكما هو الحال دائماً، في المقهى كانوا جميعاً من الرجال، لأن النساء عادةً لا تذهب إلى هناك. وكان هناك رجل مسن يريد أن يبيع سفينته الشراعية، لأنه لم يعد يستطيع العمل عليها في هذا السن. وكان سندباد يعلم أن سفينة هذا الرجل كانت جيدة وكبيرة، فقدم سندباد عرضاً على الرجل لشراء السفينة، على أن يدفع له مبلغ من المال للبدء في العمل على السفينة وأن يسدد باقي المبلغ خلال السنوات القليلة المقبلة. بعد مناقشة وجدل لفترة من الزمن، تمت المصافحة على الصفقة، كما

يفعل الرجال الصالحين. لأن الكلمة كانت تكفي في ذلك الوقت، ولم يلزم توقيع عقود البيع والشراء.

وبعد بضعة أيام، جهز سندباد جِرار الماء وحقائب الطعام، وجهز السفينة للإبحار، لتكون تلك أول مغامرة يقوم بها، وما أن بدأ بالإبحار وبدأت نسمات الريح تهب، كان يراقب المدينة التي بدت أصغر شيئاً فشيئاً كلما إبتعد عنها. وبعد عبور دلتا كبيرة وفي النقطة حيث يلتقي النهر بالبحر، تجاوز الجزر التي كان ينظر إليها دائماً والتي يعرفها عن ظهر قلب، إتجه سندباد شرقاً وترك السفينة تقوده الى حيث ما تشاء. وبما أن الرياح لم تكن قوية، فأبحرت السفينة ببطء لشق طريقها...؛ إلى أن صار البحر هادءً تماماً، والرياح لا تهب إلى أن توقفت السفينة تماماً. سندباد لم يكن خائفاً، واستغل تلك اللحظات من الهدوء لينام أو ليأكل شيئا. ولكن المشكلة كانت عندما هبت الريح في الإتجاه المعاكس، بحيث أبحرت السفينة في إتجاه لا يريد الذهاب إليه. وبعد ثلاثة أيام من الإبحار وجد نفسه مرة أخرى عند مصب النهر. ثم أدرك أنه لم يكن مستعدا بما فيه الكفاية، وأنه بحاجة لإكتساب المعرفة من الأشخاص الذين أبحروا لسنين عديدة. فذهب وسأل، وتعلم كثيراً من البحارة ذوي الخبرة، وعلى الرغم من أنه لا يستطيع القراءة أو الكتابة، قام برسم بعض الخرائط البدائية. وجمع كل اللوازم، وأخذ صندوق من المجوهرات التي ورثها من العائلة مع بعض المنتجات للبيع. مع هذا الحِمل، أبحر مرة أخرى. ولكن هذه المرة، إتبع توصيات البحارة ذوي الخبرة، وأن لا يبتعد كثيراً عن اليابسة، فذهب في إتجاه السواحل الفارسية. وكانت الرحلة على ما يرام، وكانت الرياح مواتية، وبعد بضعة أيام وصل الى مدينة غير معروفة حيث وجد فيها أناساً يتحدثون لغة أخرى. وعثر على رجل في الميناء، وأخبره هذا الرجل أنه في هذه الأماكن تتحدث الناس بطرق تختلف كثيراً، حتى أنه لا يفهم كل منهما الآخر. ومع ذلك، كان الناس الذين

إعتادوا على التنقل والإبحار في مختلف البلدان، يستخدمون ذكائهم لفهم غيرهم وجعل أنفسهم مفهومين.
— والأهم من كل ذلك، قال له الرجل، هو أن يكون لديك الرغبة في التواصل.
خلال الأيام التي قضاها هناك، باع سندباد حمولته من التمر والملح، وإشترى أحد التجار كنز سندباد العائلي الصغير، المكون من عقداً وسواراً وخاتمين. وإشترى سندباد بذلك الحرير وبعض المنتجات الغير متوفرة في بلده من الأموال التي حصل عليها. وبعد أن عاد إلى البصرة، حيث كان قد باع كل شيء وحصل على كيس من المال، قام بتسديد جزء من ديونه، وجزء آخر لشراء المزيد من البضائع للتجارة.
خلال عام واحد، أبحر السندباد مرات عديدة، ذهاباً وإياباً قدر المستطاع عن طريق الموانئ الفارسية للبيع والشراء. وفي كل مرة، كان يبحر أبعد شيئاً فشيئاً وعرف السواحل الفارسية عن ظهر قلب، بداية من المناطق الخضراء الرائعة ومن ثم الصحراء. وفي الماضي، سمع من بعض الأصدقاء، أنه بعد عبور مضيق هرمز، يوجد بحر كبير جداً ويمكن أن يؤدي إلى الهند والصين. وأنهم أبحروا أيضاً من خلال الساحل الغربي لشبه الجزيرة العربية، ولكنهم لم يبحروا أبداً إلى شبه جزيرة قطر، لأن هناك تيارات قوية وخطيرة جداً، وذات مرة، هاجمت القراصنة كل السفن التي أبحرت إلى هذا الساحل، ولذلك يسمونه بساحل القراصنة.
وبعد وقت ليس بطويل، سدد سندباد الدين للرجل المسن الذي كان قد باعه سفينته الشراعية، وقرر أن يتخذ مساعدا له، وكان إسمه بدر الدين.
مع التنقل والسفر، تعلم سندباد كل ما لم يكن يعرفه من قبل، فقد تعرف على كثير من الناس، بعضهم من الذين يُعجبون، والبعض الآخر من الذين يخشون؛ وأنه سيواجه الكثير من المخاطر: العواصف واللصوص والمحتالين؛ الذين يبيعون

خلال عام واحد، أبحر السندباد مرات عديدة، ذهاباً واياباً قدر
المستطاع عن طريق الموانئ الفارسية للبيع والشراء

طائر العقعق بدلاً من طائر الحجل...؛ لكنه كان شابٌ ذكي، فعلى الرغم من انه أميي، لا يقرأ ولا يكتب، إلا أنه إستطاع أن يفهم نصف اللغات التي كان يتحدث بها الناس، حيثما كان؛ فكان مستمعاً جيداً ومتكلماً بارع، وكان يعرف متى يجب عليه أن يصمت، وكان أميناً على حفظ وكتم الأسرار. ففي كل ميناء، كان لديه صديق، وفي كل قرية، كان لديه معجبة تراقبه بهدوء. وفي كل مرة كان يعود فيها إلى البصرة؛ المكان الذي كان يعلم انه الوطن، ولو لوقت قصير. كان يشعر بهزة في الساقين وعدم إتزان في جميع أنحاء جسده. وعندما كان يرى أطراف مآذن المساجد، التي كان يعرفها جيداً، دائماً كان يصرخ:

— أنا بمأمن، فأنا في الوطن!

فسندباد، لا يزال يتذكر بعض القصص التي قصّها عليه عمه، عند الحديث عن جنكيز خان؛ إمبراطور منغوليا، فعندما وصل إلى تلك البلاد لم يترك وراءه سوى الدمار والرعب، وهذه الشعوب مختلفة تماماً عن غيرها من الشعوب، كالعباسيين والآشوربيين واليونانيين، الذين جلبوا معهم الثقافة والثروة. وأخبروه، أن الذي كان بلده، أصبح مُحتلاً من قبل الإمبراطورية العثمانية، وفي وقت لاحق إتحدت القبائل لمواجهة العدو المشترك، ألا وهم البريطانيين، الذين كانوا قد إحتلوا هذا المكان وأرادوا أن يملكوه. ولم يكن من السهل عليهم المغادرة. فالجميع قاومهم بطرق شتى...

أثناء الإبحار، كان للسندباد الكثير من الوقت للتفكير، وكان دائماً يتساءل: لماذا لا يمكن للإنسان ان يعيش في سلام، يصيد الأسماك ويعمل بالزراعة والتجارة... ويعيش الحب!؟. كما قالها سندباد ذات مرّة في أحد المقاهي، فضحك عليه كبار السن، وقالوا له: ستعرف عندما تكبر، فإن كل شخص يفعل ما يحلو له وخاصة الحكام. فهناك عدد قليل من الذين لديهم الكثير من المال، والبقية لا يملكون شيئاً وبالكاد يستطيعون أن

يتدبروا أمورهم.

ومن ثم، جلس سندباد صامتاً، وكان متفائلاً على أمل العثور في يوم من الأيام على كنزٍ مخفي في إحدى جزر الخليج. وفي ما مضى أخبر سندباد بذلك شخص يثق به، فأجابه قائلاً: أن أعظم كنز لدينا هنا، النفط. ولكنه لا يخصنا نحن.

حفروا في أعماق الأرض، إلى أعماق أعماق الأرض، وهناك وجدوا الذهب الأسود. وكان السندباد يستخدم النفط لإشعال النار والطهي والتنقل... لكنهم أخبروه كيف هو العالم وكيف يسير ويتطور، وأنه يمكن إستخدام النفط لأشياء كثيرة، ولكن ليس في بلده، لأنها بلاد متأخرة، وإنما في أميركا والجانب الآخر من المحيطات الشاسعة التي تستخدمه في صنع كل شيء؛ "من الإبرة إلى الصاروخ".

محيط..! فكر سندباد، المحيط هو البحر الذي لا ينتهي أبداً، حيث يستغرق أسابيع وأسابيع لتصل فيه إلى اليابسة، وهو المكان الذي تطلق فيه العنان، وفيه بعض العواصف الكبيرة. وبسفينة مثل التي أملك، لن تتحمل أكثر من يومين في ذلك المحيط. أمريكا...، هل من الممكن أن أذهب إلى هناك يوماً ما؟ حلم أبدي. هناك، كان الناس أثرياء ولديهم السفن والسيارات، ويعيشون في منازل جميلة ونظيفة ويرتدون ملابس جيدة، وجميع الأطفال يذهبون إلى المدرسة... وعندما أتم سندباد الثامنة عشرة من عمره، في ذلك الوقت كان الأطفال في بلده يذهبون إلى المدرسة وكان بإمكانهم الذهاب إلى الطبيب إذا مرضوا...، لأن الحكام لم يكونوا موجودين بعد! بغداد، ومنذ وقت قريب، كانت الرحلة تستغرق ثلاثين ساعة عن طريق البر.

يوم سيئ، حيث سمع سندباد في أحد المقاهي بالسوق، بأن بلاده كانت في حالة حرب مع دولة مجاورة؛ الفرس، والتي كانت تعرف بإسم ايران. فالخلافات قائمة منذ زمن بعيد، لأنهم كانوا دائماً يتقاتلون من أجل حيازة النهر ومنطقة خوزستان،

حيث كان هناك نفط.

– لماذا؟ سأل سندباد أولئك الرجال الذين كانوا يشربون الشاي ويدخنون الأرجيلة. فنظر إليه الجميع ولكنهم لم يجيبوا. سوى شخص، أجابه: يا بني، إن القرويين لا يعرفون لماذا هم حُكّامنا في حروب... وفي نهاية المطاف، إذا حصل وإن إنتصرنا أو خسرنا، فإننا دائماً سنكون نحن المتضررين.

وهكذا كان. ولم يعد يجرؤ سندباد على الإبحار إلى السواحل الفارسية؛ فأبحر إلى السواحل الغربية، ولكنها أيضاً لم تكن هادئة. وهناك غالباً ما سمع ورأى طيوراً كبيرة تحلق في السماء تقذف لهباً ودخاناً من أفواهها. كانت سنوات صعبة جداً، لأن القنابل وصلت إلى البصرة. ثماني سنوات من الجحيم، من خلالها لم يبقَ أي أسرة على حالها في المدينة، وتم استدعاء الآباء والأمهات والأبناء في سن الخدمة العسكرية لمحاربة البلاد المجاورة، وقصفوا وذبحوا الأمهات والأطفال الصغار في منازلهم، وبدى أن الأسماك قد إختبأت، لأنه كان من الصعب الذهاب للصيد! انتهت تلك الحرب بتساوي، لا من غالب ولا مغلوب، وحصدت مليوناً من الأموات من كلا الجانبين. وأطراف السفن الغارقة في الميناء كانت شاهداً على الدمار. وبعد ذلك وتكريماً لقتلى الحرب، أمر الحاكم ببناء مئتان وخمسين من التماثيل على شواطئ البصرة، بحيث يمثل كل واحد منها جنرالاً من الذين لقوا حتفهم في المعارك ضد ايران، والذراع الأيمن للتماثيل يشير إلى الجانب الآخر من الشاطئ، وبنظرات جدية والبنادق معلقة على الأكتاف متحدياً العدو.

ولكن قدرة الإنسان على التفاعل والبقاء على قيد الحياة هائلة، فأعاد سكان البصرة بناء المدينة، وأعيد تشييد المساجد وفتح المتاجر مرة أخرى، وأعيد بناء الجسور عبر القنوات، وعادت الحياة إلى الأسواق المليئة بالألوان، وعاد الصيادين والتجار إلى البحر من جديد.

طلب سندباد من زينب أن ترافقه في رحلة بحرية لبضعة أيام،
لكي يشاركها كنزه العظيم؛ ألا وهو البحر.

وأبحر سندباد من جديد، معتمداً على بدر الدين، الصبي الذي كان يساعده، وباع البضاعة في الخارج وإشترى غيرها ليعود ويبيعها في البصرة.

وكان الوقت يمرّ، وما زال سندباد أعزب،

وفي أحد الأيام قال له زملائه بمودة، يجب عليك الحذر، أن يتجاوزك القطار وتبقى أعزب!

ولذلك نصحوا له بأن لا ينتظر أكثر وأن يتزوج، وأخيراً فعل ذلك، وتزوج بفتاة يتيمة مثله، والتي كانت تعيش مع عمتها وابن عمتها. وكان إسمها زينب، وتبلغ من العمر ستة عشر عاماً، وأدت الحرب إلى مقتل والدها وشقيقيها. وكما هو متعارف، طلب سندباد الزواج يد زينب من كبير أسرتها، وفي هذا الحال، كان ابن عمة الفتاة من يقرر في ذلك، ولذلك لم يكن من الصعب إقناعه، لأنهم كانوا فقراء، وفي حال أن تتزوج زينب فإنه سيصبح من الأسهل إطعام بقية العائلة. ثم إشترى سندباد بيتاً في حي الزهراء، بحيث أنه كان وقتا جيداً للشراء، لأنه كان هناك العديد من الناس المحتاجين، الذين باعوا بيوتهم بثمن زهيد بسبب الحروب. وقبل أن ينتقل إلى المنزل الجديد، طلب سندباد من زينب أن ترافقه في رحلة بحرية لبضعة أيام، لكي يشاركها كنزه العظيم؛ ألا وهو البحر.

ــ أريدك أن تحبي البحر، كما أحبه أنا. قال لها سندباد.

هذه المرة أبحر سندباد وزينب لوحدهما، من دون المساعد. فمنذ اليوم الأول، بدأ سندباد بالنظر إلى زينب برقة، وأكثر ما كان يعجبه بها، عيناها المستديرتين باللون العسلي، وبشرتها الرقيقة الناعمة.... بالتأكيد سيكون لنا أطفال، وآخذهم إلى المدرسة وأعلمهم الإبحار، كان يفكر في هذا سندباد وهو ينظر إلى الأفق البعيد. وبالكاد كان يعرف بعضهما الآخر، فنظرت إليه الفتاة بإرتياب، ربما كانت قلقلة بعض الشيء لأنها لم تكن تعلم أي نوع من الرجال قد تزوجت. فزينب كانت قد تعلمت في المدرسة، وبالطبع كانت تجيد القراءة والكتابة،

بالإضافة إلى تدبير أمور المنزل والطهي. وفي ليلة هادئة والقمر كان بدراً، جلسوا على سطح السفينة بالقرب من بعضهما البعض، وأمسكوا بأيدي كل من الآخر، وبدأوا بالحديث عن أسرار الطفولة. وبعد أيام قليلة إكتشفوا الغموض في أجسادهم؛ وأخيراً، وتحت سماءٍ من أشجار النخيل على أحد الشواطئ الفارسية، أصبحوا عشاق. وبعد ثلاثة أسابيع وعندما عادوا إلى البصرة، كانوا قد تغيروا كثيراً، فزينب شعرت بسعادة كبيرة ومن دون خوف، ولديها رغبة كبيرة بأن يستمر سندباد في إخبارها عن المغامرات التي قام بها في السابق، وكما كان لديها الرغبة في تعليمه القراءة والكتابة، كما كان الاتفاق. وسندباد، الذي عشق البحر لسنين عديدة، الآن، ومع زوجته، فإنه أحب الحياة أكثر فأكثر ولم يريد أي شيء أكثر من ذلك.

وبعد سنة، أنجبت زينب طفلها الأول، كان صبي، وأسموه علي، وسندباد لم يفكر أبداً، بأنه في حال أن يصبح أباً؛ سيكون سعيداً إلى هذا الحد. ولذلك لم يقم بالإبحار بعيداً، وحاول ألا يتأخر كثيراً في العودة إلى بيته، وإذا لم يقم بالتجارة، كان يخرج لصيد الأسماك.

ولكن الفرحة لم تدم طويلا، وبعد فترة وجيزة، بدأ حاكم بلاده حرب أخرى، وقام بغزو الكويت، لكن الإحتلال لهذه البلاد لم يدم إلا لعدة أيام، وذلك لأن عدداً من البلدان، بقيادة أمريكا وبريطانية، أعادوا الإستقلال لهذا البلد. وكانت تلك الأيام، أياماً من الحداد والموت. البصرة، كغيرها من المدن، تعرضت للقصف بقنابل اليورانيوم المُحرم. ولم يكن هناك أي مكان للإحتماء، ودُمرت الغابات الكثيفة بأشجار النخيل على ضفاف شط العرب، وأصبح الساحل حزيناً وعارياً. بعد أسابيع توقفت الهجمات، ولكن ما جاء بعد ذلك كان نوعا مختلفاً من الحروب. المعاناة؛ فمن كان يريد أن يبحث عن الطعام، لم يجرؤ على الخروج من بيته خوفاً من الطائرات التي كانت

تحلق فوق المدينة، كانت مرحلة ما بعد الحرب؛ الحظر.
وفي ذات الوقت، كانت زينب تحمل بطفلها الثاني وكانت
مريضة جداً. وكان سندباد بالكاد يقوى على الخروج من
المنزل، للبحث عن عمل لإطعام أسرته. وعندما حان وقت
الإنجاب، ذهبوا إلى المشفى لأن زينب كانت تعاني كثيراً.
وهناك أنجبت زينب فتاة، وأسموها: لطيفة، وقام الأطباء
بإجراء العديد من الفحوصات للطيفة، وخاصة سرطان الدم،
بحيث أوضحوا أنه منذ إنتهاء الحرب، أنجبَ الكثير من
الأطفال مع تشوهات خلقية وأمراض أخرى. كانت لطيفة
كالطائر الصغير، بنسمة هواء تطير. وعادوا إلى المنزل،
وأمضى سندباد طوال وقته مع زوجته الضعيفة، التي كانت
تحاول أن تعتني بطفلتها وترضعها رضاعة طبيعية.
وفي أحد الأيام، وعندما عاد سندباد إلى المنزل بعد البحث عن
لقمة العيش، وجد زوجته في حالة الإغماء وشاحبة الوجه، من
ذلك المرض الذي بدأ يظهر أثناء الحمل بالطفلة؛ الكوليرا.
المرض الذي سيطر على جسدها بالكامل. وماتت زينب
كطائرٌ صغير. وشعر سندباد بوحدة لم يشعر بها من قبل...،
وبعد الدفن، جلس على ضفة النهر حاضناً علي حتى عم
الظلام. فلم يكن يعرف ماذا يفعل أو إلى أين يذهب! وكان
بحاجة إلى أن يعمل لإطعام أطفاله. ولكن، من سيعتني بهم
عندما يذهب إلى العمل؟ ترك الأطفال في بيت أحد الجارات
لبضعة أيام، التي نصحته بأن يتزوج مرّة أخرى، لأنه بحاجة
إلى زوجة لتعتني بالأطفال. ولكن، لم يكن لسندباد الرغبة في
الزواج، ولكن الجارة سعت للبحث، ووجدت له فتاة أرملة قُتل
زوجها أثناء الحرب، وكان عندها طفلين، الأول عمره سنتين
والثاني بضعة أشهر. فتزوجها سندباد، وذهبوا للعيش في
منزل سندباد. وهكذا، كان بإمكانها إرضاع لطيفة والإعتناء
بالمنزل، وإستطاع سندباد الذهاب إلى صيد الأسماك،
والتجارة بالبضائع التي تنقصهم. فلم يتمكن أحد من شرب

الماء التي تعرضت للتلوث من اليورانيوم، في حين عانى المزارعين لأن البساتين أصبحت عقيمة، كما أنفسهم! وأشجار النخيل والتين لم تعد تثمر. وكان هذا هو العقاب لمساوىء الحاكم.. آه لو أنه لم يكن في هذا البلد سوى حدائق الفاكهة والخضراوات، ولم يكتشفوا هذا النفط اللعين، ربما كنا سنعيش في سلام! كان سندباد يفكر.

وتتوفي لطيفة، الصغيرة والرقيقة، التي لم تستطع مقاومة المرض. وسالت دموع سندباد على خديه حزناً لفراقها، ولكن سرعان ما جفت تلك الدموع بمرور الزمن. ونادى المؤذن، من مئذنة مسجد الإمام علي -عليه السلام- للصلاة، فرفع سندباد رأسه ونظر إلى السماء.

ومرّت عشر سنوات على تلك الحرب. و خلال ذلك الوقت، كان سندباد وزوجته الجديدة قد اعتادوا على العيش معاً. وكان همّ سندباد الوحيد، الحصول على الطعام لعائلته. تاركاً وراءه الأيام السعيدة التى أمضى فيها وقته في الإبحار والبيع والشراء، ولحظات الخوف والحب... ولكنه كان دائماً حاضراً لكل إحتمالات القدر. وغالباً ما كان يبكي فراق زينب، التي تركته ولم ترى علي وهو يكبر، ذلك الفتى الذي عاهدها على أن يعلمه الإبحار، بتلك القدرة الهائلة التي يمتلكها ليكون سعيداً، للعب مع الأطفال في الشارع وفوق الركام وبين الأوساخ أو في المدرسة الباردة والحزينة. هذا هو مستقبل علي.

كان يبدو أنه من غير الممكن أن يحدث أكثر من ذلك، ولكن أمريكا هددت بشن حرب جديدة. والعديد من الناس لم يصدقوا ذلك، ولكن في أحد الأيام كان سندباد في سفينته الشراعية يصيد الأسماك، سمع ضوضاء طائرات، فرفع رأسه وأدرك أنها لم تكن تحلق على النحو المعتاد.

وفي أحد الأيام، وعندما عاد سندباد إلى المنزل بعد البحث عن لقمة العيش، وجد زوجته في حالة الإغماء وشاحبة الوجه.

فهذه المرة كانت أكثر عدداً وأكبر حجماً. وعلى الفور فكر في زوجته وأطفاله في المنزل. فأدار محرك السفينة وعاد مسرعاً نحو المدينة، لكنه فشل في الوصول إلى الميناء لأنه كان مُحتلاً من قبل السفن البريطانية ومئات الجنود، الذين كانوا في كل مكان. فكان عليه أن يهرب وأن يذهب إلى مكان آخر ليرسوا بسفينته، ومن هناك عائداً إلى المنزل سيراً على الأقدام، كان هناك العديد من الجنود والدبابات على الشاطئ، الذين أحاطوا بفندق الشيراتون، والذي إقتحمته الناس اليائسة لسلب كل ما فيه. وفي لحظات قليلة، أصبح الرمز العملاق من الترف العراقي جبلاً من الركام.

عندما وصل سندباد إلى الحي الذي يسكن فيه، وجد حشد كبيراً من الناس! لم يكن يعلم ما الذي حدث، فدخل بين الناس لكي يرى: فوجد أن منزله ومنازل أخرى في الجوار قد دمرت بإحدى الصواريخ. فصرخ صرخة مخيفة وذهب مسرعاً إلى الذي كان منزله، وتمكن من الدخول من خلال إحدى النوافذ، وشق طريقه بين الأنقاض ليعثر على جثث زوجته وأطفالها، وبجانب جثة زوجته وجد إبنه علي وكان لا زال يتنفس، فضمه إلى صدره وخرج به إلى الشارع. وعم الصمت بين الناس، وفي حينها إقتربت مجموعة من الدبابات، فهرع الناس من المكان وبقي وحده مع إبنه بين ذراعيه. وبدأ سندباد بالمشي متجهاً نحو الدبابات، فأحاطت الدبابات به بشكل دائري في ساحة كانت قائمة من قبل، فرفع جسد علي؛ الجسد المغمور بالدماء، جثة إبنه الحبيب الذي كان يريد أن يبحر معه إلى كل البحار العربية، ليتعرف على أشخاص جدد وبلدان جديدة وليتعلم اللغات والمغامرات والحب والضحك... وسار مع إبنه نحو الدبابات، التي أصبحت أكثر قرباً، لم ير ولم يسمع أحداً ولم يكن لديه شيء من الدموع. فجأة، توقفت الدبابات، ووصلت سيارة من الصحفيين، وصرخوا على الجنود: لا تلمسوه! لا تلمسوه! ألا ترون أنه يحمل إبنه

الميت؟ واستمروا في ذلك إلى أن بدأ الجنود بإطلاق النار على آلات التصوير.

تلك الصورة التي انتشرت في أنحاء العالم، ومن ثم، أصبح سندباد معروفاً في جميع أنحاء العالم، ودعت إحدى المنظمات الإنسانية سندباد للذهاب إلى أميركا لشرح حقيقة ما حدث. لكنه رفض، وهو الذي كان دائماً يحلم بعبور المحيط.

وقال له أحد الصحافيين محاولاً إقناعه:

ـ إذا ذهبت إلى هناك، فإنك ستظهر على التلفاز وفي الصحف، وسيمكنك أن تشرح ما حدث وأن تقول ما تشاء، وربما ستصبح مشهوراً، أو حتى ستبقى لتعيش هناك لأنه لا يوجد لديك مستقبل هنا.

لكنه لم يرى ولم يسمع، فالمستقبل كان قد مات بين ذراعيه.

أميركا موجودة، فمنذ عدة سنوات وأنا أسمع بهذا الإسم، وقد سمعت بما يكفي، فليس من الضروري لأن أذهب إلى مكان ما لأصدق أنه موجود، لأن الدليل كان واضحاً جداً الآن. فقد أخذت أميركا زوجته وإبنته وإبنه، وأخذت زوجته الثانية وأطفالها، وأخذت أميركا الأصدقاء والجيران، وسممت الخس والطماطم في حدائقهم... أميركا موجودة، لأنهم ومنذ سنوات كانوا قد هاجموا؛ الناس في القرى والحقول، وهم من عزز الحصار، الذى أدى إلى مقتل خمسة آلاف من الأطفال دون سن الخامسة في كل شهر. كنت أعرف أن أميركا موجودة، فكان هناك أدلة كافية، ولم أرغب بالذهاب إلى هناك.

ـ أنا من هنا، في المدينة التي شهدت على ولادتي وشبابي، حيث كنت سعيداً، حيث وجدت الحب. هذا هو بيتي، مدمر، ملوث ومليء بالدخان. لم يتبقى لي شيئاً: لا سفينة ولا منزل ولا عائلة ولا أمل. ولا حتى الدمع، فلم يبقى لي منه شيئاً. ولكنني ما زلت إنسان.

وسار مع إبنه نحو الدبابات، التي أصبحت أكثر قرباً، لم ير
ولم يسمع أحداً.

ولم يكن لسندباد مدافع ولا صواريخ ولا قنابل ولا دبابات، ولكن لديه يدين وقدمين إثنتين، ومع كل ذلك دماغاً، ما زال يمكنه أن يفكر. جالساً أمام تلك المياه التي أحب، وقرر أنه لن يدوس على كرامته أحد. ونهض، وأخذ حجراً ووضعه في جيبه، وسار بحزم ودون خوف؛ حجراً مستديراً من على الشاطئ، وضغط عليه بشدّة. البصرة كانت مدينته وبيته، ولن يخرجه أحد منها، والحجر الذي منحه القوة عندما كان يلامسه بيده، فالبصرة هي التي مثلت بحره ومدينته وثقافته ومساجدهم، ومثلت الناس التي أحبها سندباد. في كل مرة كان يمشي بسرعة أكبر، متجاهلاً مخاطر الحرب. وعندما وصل إلى مركز مدينة البصرة، كأنها كانت الصحوة: أدار رأسه ورأى العديد من الرجال والنساء والفتيان، الذين كانوا مثله، كل واحد منهم يحمل حجراً في يده. وساروا معاً، بصمت وبعزم، ورؤوسهم مرفوعة عالياً، وفي كل لحظة كان عددهم يزداد وكانوا يشعرون بقوة أكبر. فكان لديهم ما يحتاجون لينتصروا؛ الحق. فمن الممكن أن يستغرق ذلك وقتاً... ولكنه حتماً آتي.

وفي يوم من الأيام سيعودوا للإبحار ويصبحوا سعداء.


الشعب العراقي قد إنتصر.
ولذلك إجتثوا سواعد أطفالهم:
فإذا كانوا قد إنتصروا،
فعلى الأقل لن يستطيعوا الإشارة بعلامة النصر بأصابعهم.


سانتياغو ألبا ريكو

علي بابا

كان علي بابا متزوجاً من إمرأة فقيرة، إسمها مرجانة، وكانوا
يعانون من مصاعب مالية كثيرة. وكان علي بابا يذهب في كل
يوم إلى الغابة لجمع الحطب وبعض الأعشاب، وأيضاً لجمع
بعض التمر والكستناء، كلٌّ في موسمه، وبعد ذلك، كان يبيع
كل ما كان يجمع في السوق. أما أخوه قاسم، فكان متزوجاً من
إمرأة ثرية، وكان تاجراً، وكان لديه مقدرة فطرية لزيادة ثراءه
وممتلكاته. فكان يشتري البضائع بأثمانٍ زهيدة، ويحتكرها
ومن ثم يبيعها بأثمان عالية، ليس لديه ذمة ولا أخلاق، فكان
يشتري بضائع مسروقة أو مهربة من البلدان المجاورة، مثل:
المواد الغذائية، والآلات، والنفط، والأدوية...إلخ. وكان يبيع
هذه البضائع من خلال مجموعة من التجار الفاسدين. فكان
همه الوحيد جمع المزيد من الأموال، في حين أن التجارة قد
تقلصت كثيراً بسبب الإحتلال الأمريكي، ومع ذلك فإن تجارته
كانت تسير على ما يرام، فكان يبيع البضائع للمُحتلين
وللمقاومة في الوقت ذاته.
وفي أحد الأيام، عندما كان علي بابا يعمل في الغابة، شاهد
عدداً كبيراً من المركبات، وكان الغبار يتطاير من حولها،

فخاف وأختبأ في كهف قريب؛ ففي حال أنهم كانوا الأمريكيون فإنهم سيلقون القبض عليه، مع أنه لم يكن يفعل شيئاً سوى أنه كان يجمع الحطب كالعادة، فلربما يقبضون عليه لذلك!

ومن مكان مظلم في داخل الكهف، حبس علي بابا أنفاسه لكي لا يكتشفوا وجوده، كما إستطاع أن يرى، أنهم في الواقع كانوا جنوداً أمريكيون، وبدأوا بإدخال صناديق مليئة بالأسلحة إلى الكهف حيث كان مختبأ، وأخفوا الصناديق داخل حجرة في داخل الكهف ذاته. في البداية، تعجب علي بابا، ومن ثم فكر.. إنه من المؤكد مستودع لتخزين الأسلحة، ففي حال هاجمت المقاومة معسكرات الجنود المعروفة، فإنهم لن يدمروا مخزون الذخيرة لديهم.. حقاً، إن هؤلاء الأمريكيين أذكياء.

وعندما إنتهوا من إدخال كل الصناديق، قام أحد الجنود بإدخال رقم سري على لوحة المفاتيح المخباة على أحد جدران الكهف، ومن ثم أغلقت البوابة كما كانت قد فُتحت، ووضع الجندي الورقة التي كان مكتوب عليها رمز العبور للبوابة في جيبه، وكان الأخير في الخروج من الكهف، وأثناء خروجه، سحب منديلاً من جيبه ليجفف عرق وجهه. ومن ثم أعاده إلى جيبه، وغادر الكهف من دون أن يدرك أنه أسقط الورقة التي تحوي رمز العبور للبوابة. أثناء ذلك، لم تغب أعين علي بابا عن الجندي ولا للحظة واحدة، وظل مختبأ إلى أن سمع أصوات محركات العربات وهي تدور وتتجه بعيداً، فخرج من مكان إختباءه وذهب مباشرة إلى حيث سقطت الورقة. أخذها ونظر إليها، وكانت عبارة عن مزيج من عشرة أرقام وأحرف، وبخجل، قام بالضغط على لوحة المفاتيح المخباة على جدار الكهف، تماماً كمام فعل الجنود، فتُحت البوابة، ذُهل بما رأت عيناه؛ رأى العشرات والعشرات من الصناديق المكدسة بالأسلحة.

...إستطاع أن يرى، أنهم في الواقع كانوا جنوداً أمريكيون، وبدأوا بإدخال صناديق مليئة بالأسلحة إلى الكهف حيث كان مختبأ، وأخفوا الصناديق داخل حجرة في داخل الكهف ذاته.

هيّا!! فهذه ترسانة حقيقية! كان يتمتم. وعلى الفور فكر في الإستيلاء على إحدى الأسلحة للدفاع عن عائلته. ففي الحي الذي يعيش فيه، ويوماً من بعد يوم، تأتي فرق من الجنود ويقتحموا البيوت فجأة، ويفتشوا فيها ويعتقلوا أهلها بحجة البحث عن الإرهابيين.؛ فعاد إلى بيوتهم عدد قليل من الذين قاموا بأسرهم، وفي حال أنهم عادوا، فإنهم كانوا في حالة يرثى لها، في حين أن الناس فضلت موتهم على رؤيتهم على هذا الحال.

ومن ناحية أخرى، كان من الخطير جداً إمتلاك سلاحاً في المنزل... لم يعرف ماذا يفعل، ولكن في نهاية المطاف ومع رغبته في ضمان سلامة عائلته، أخذ بندقية نصف أوتوماتيكية وعلبة من الرصاص. ومن ثم أدخل رمز العبور مرّة أخرى، فأغلقت البوابة وعاد إلى منزله.

كان علي بابا منفعلاً جداً، فأخبر زوجته بما كان قد إكتشف. وقرر الإثنان إخفاء البندقية في مكان سري داخل المنزل، وفي الوقت ذاته، يمكن الوصول إليها بسرعة، في حال داهم الجنود منزلهم في الليل. وبينما كانوا يتكلمون في أمر البندقية، لم يدركوا أن إبنهم الصغير أحمد، كان في الغرفة المجاورة وسمع كل شيء.

في اليوم التالي، أحمد، الذي كان يذهب للعب كل مساء مع ابن عمه، في منزل العم قاسم، قال: الآن لن يمكن أن يحدث لنا أي مكروه، لأن أبي لديه بندقية جيدة جداً، والتي عثر عليها في أحد الكهوف، إذا هاجمنا الجنود في الليل، فإننا سنقتلهم!

وعندما سمع قاسم بذلك، فتح عينيه الإثنتين إلى أقصى حدٍ وفكر: هممم، الأسلحة، دائماً كانت تجارتها رابحة! وكان يريد أن يعرف من أين حصل أخوه على البندقية.

وفي مساء ذات اليوم، ذهب قاسم لرؤية علي بابا، وسأله عن البندقية وكيف حصل عليها؟. فأخبره علي بابا عن إكتشافه. ومن ثم...، قاسم، الذي إمتلكه الطمع والجشع، إقترح أن يسرق

كل الأسلحة ويبيعها بأفضل ثمن، سواءً كان داخل البلاد أو خارجها.

– ففي أفغانستان، فإنهم سيدفعون أموالاً كثيرة مقابل هذه الأسلحة، – قالها: وهو متحمس.

– ماذا؟ هل أنت مجنون؟ إن الذي تقترحه أمر خطير جداً، ماذا سيفعل الأمريكيين عندما يجدوا الكهف فارغاً؟

– أجابه قاسم: عندما يكتشفوا ذلك، نكون قد صرنا من الأغنياء وبعيدين عن هنا.

تجادل الأخوين وقت طويلاً، إلى أن هدّد قاسم أخاه، بأنه سيخبر الأمريكيين عن أمره في حال لم يوافق على العمل معه في تجارة الأسلحة. وفكر علي بابا بالذي قاله أخاه، بحيث أنه أقدم على فعل أمور مشابه من قبل، وهو يعلم أن اخاه يفضل المال على أي شيء آخر.

فكيف يمكن أن يكون هناك أناس مساكين إلى هذا الحد في العالم!؟ أنجبتهم ذات الأم، ورضعوا ذات الحليب وتعلموا في ذات المدرسة... كيف من الممكن إذاً أن يكونوا مختلفين إلى هذا الحد؟

– ألا تعتقد أنه في حال وافقتك الرأي، سنكون كلنا في خطر، ليس أنا وأنت فقط. ألا تهمك عائلتك؟ – مجيباً علي بابا أخاه. فاستشاط قاسم غضباً بسبب عناد شقيقه، واقترب منه وأمسك برقبته.

– أرى أمامي أكبر صفقة تجارية في حياتي، وأنت لن تمنعني من القيام بها. فإما أن تخبرني عن مكان الكهف أو أقسم بأنني سأذهب مباشرة إلى معسكر الأمريكيين في حال خروجي من هذا المنزل.

وإرتعد جسد علي بابا. فأخوه كان قادراً على فعل ذلك وأكثر. لذلك، أخبره عن مكان الكهف ومستودع الأسلحة، وأعطاه ورقة رمز العبور للدخول والخروج. وأفعل ما أنت فاعل، ولم يرد أن يسمع شيئا آخر من أخيه.

جثة داخل تابوت. حفرة في المقبرة، ورأس متجه نحو مكة المكرمة. حزنٌ ودموع.

وفي صباح اليوم التالي، أخذ قاسم شاحنته وذهب إلى الكهف مسرعاً، وأدخل رمز العبور، إنفتحت البوابة ودخل إلى مستودع الأسلحة، ولكي لا يراه أحد وهو في داخل المستودع، قام بإدخال رمز العبور من اللوحة الموجودة في الداخل، فأغلقت البوابة من جديد. "آه، يا حبيب النبي"! عندما رأى كل تلك الصناديق المكدسة، التي تحتوي على كل شيء، وكان متحمساً جداً. فهذه وتلك، تباع في السوق السوداء بأسعار كبيرة! وعندها سأصبح من الأغنياء إلى الأبد، وعندما سأقوم ببيع كل الصناديق، سأذهب أنا وعائلتي إلى بلدٍ آخر، وحينها، يمكن للأمريكيين أن يبحثوا عني؛ فلقد سئم من سنوات الحرب الطويلة، فيذهب هو وعائلته إلى مكان فيه فرص عمل جيدة لتاجر مثلي... لدولة ناشئة. الصين، على سبيل المثال. هنالك الكثير من الفرص في العالم!.

ومن دون إضاعة للوقت، وضع قاسم بعض الصناديق بالقرب البوابة، ليضعها لاحقاً في شاحنته. وعندما حان الوقت لمغادرة الكهف، وضع يده في جيبه لسحب ورقة رمز العبور. لكنه لم يجدها!!!

ـ اللعنة، أين قمت بوضع هذه الورقة؟ "تمتم بعصبية، بينما كان يبحث في جيوبه الأخرى". من المؤكد أنها سقطت على الأرض، بينما كنت أقوم بجر الصناديق... إهدأ، إهدأ، فلا بد أن أجدها.

وبحث في كل شبر من الارض حيث كان قد ذهب، ولكنه لم يعثر على الورقة. وظل يبحث ويبحث، وأمضى وقت طويل وهو يبحث.. إلى أن يأس من العثور عليها، فبدأ يجرب بعض الرموز التي بدت إليه أنه كان قد ضغط عليها قبلاً: DX450MA789. لم يحدث شيئاً. DZ450MA739. لا شيء! JX450ME789. لا شيء أيضاً!! فلم تنفتح البوابة، وفي كل مرة كان يشعر بتوتر أكثر وأكثر. وكما كان سميناً، فإنه كان يتصبب عرقاً مثل الثور الهائج. "يجب أن أخرج،

يجب أن أخرج" كان يكررها لتشجيع نفسه. ولكن لم يتغير شيء، فلم يكن لديه حل. وبدأ يشعر بدوران في رأسه، وأحس أنه سمع صوت طنين. في النهاية، أدرك أنه لم يكن مجرد طنين داخل رأسه، بحيث سمع وأحس بهذا الطنين وكان يأتي من الخارج... طنين شبيه بأصوات المحركات... نعم، كانت أصوات محركات، وكانت تقترب... ومن ثم توقفت!

وهنا، دخل قاسم في دوامة من الأفكار من شدة الخوف، وتذكر كل تحذيرات أخيه، ولم يكن لديه وقت إلا ليختبئ خلف بعض الصناديق آملاً بأن ينجوا. ولكنه لم يفلح، لأن الجنود كانوا قد اكتشفوا شاحنته في الخارج، وعثروا عليه خلال دقائق معدودة.

وفي ذات الوقت، زوجته فاطمة: تأخر قاسم عن عادته في العودة إلى المنزل! وبدأت تشعر بالقلق. فهي كانت تعلم إلى أين كان قد ذهب، ومرت الساعات، وكان القلق يزداد. في النهاية، ذهبت إلى علي بابا.

وعند حلول الظلام، ذهب علي بابا إلى الكهف ووجد جثة أخيه على مدخل الكهف، ممزقة ومغطاة بالدماء، وكان أحد الضباع قد قطع أجزاء من جسده. وشاحنة أخيه لم تكن هناك. حملَ الجثة، وعاد بها متخفياً إلى المنزل. ماذا سأفعل الآن؟

ـ فلم أجروء على دفنه هناك، خوفاً من أن يعود الجنود أثناء ذلك، ـ قال لزوجته. ومن ناحيه أخرى، أن يجلب الجثة إلى المنزل سيكون أسوأ، وبدأت فاطمة بالصراخ والبكاء، ويسمع صراخها الجيران... ماذا سنفعل الآن؟ ماذا سنفعل؟.

مورجانه، بالإضافة إلى أنها كانت جميلة، فكانت ذكية جداً، وعلى الفور وجدت حلاً. فإقترحت وضع الجثة داخل حقيبة كبيرة في فناء المنزل، تحت كومة من الأثاث القديم. وكانوا في فصل الشتاء؛ فيمكن للجثة أن تصمد بعض الأيام. ففعلوا ذلك، وحينها طلبت مرجانه من زوجها أن يذهب إلى الشرطة، ليبلغ عن أن أحد اللصوص قد سرق شاحنة أخيه.

ـ وفي حال سألوك، ولماذا لم يأتي هو للإبلاغ عن السرقة؟ أخبرهم بأنه مريض جداً.

وفي صباح اليوم التالي، ذهبت مرجانه إلى بيت الطبيب، وقالت له: هل لك أن تعطيني بعض الأدوية لشقيق زوجي؟ فهو مريض جداً. ولذلك قمنا بإحضاره إلى منزلنا، فزوجته لا تستطيع الإعتناء به وحدها.

أعطها الطبيب دواءً لآلام البطن والمعدة، كما أخبرته مرجانه عن حالته، وفي اليوم التالي، عادت مرجانه مرّة أخرى إلى الطبيب، وقالت له: إن حالته أصبحت أسوأ من الأمس. وفي اليوم الثالث قالوا إن قاسم قد توفى، ولم يستغرب أحداً من موته. فعلى أي حال، كان الموت شيئاً طبيعياً منذ أن بدأ الغزو. وطوال تلك الأيام لم تخرج زوجة قاسم من المنزل لكي لا يكتشف الناس الخدعة، ومن ثم أعلنت عائلة قاسم عن الجنازة والعزاء، وبدا كل شيء طبيعي. جثة داخل تابوت. حفرة في المقبرة، ورأس متجه نحو مكة المكرمة. حزنٌ ودموع. تعازي الأصدقاء والجيران. قهوة وبعض الحلويات لشكر الناس على المساندة. ولكن المشكلة كانت في كيفية التخلص من جثة قاسم التي قد بدأت تحلل. وفي الواقع كان هناك مشكلة أخرى.

فالأمريكيون كانوا في حيرة من أمرهم، وكانوا يريدون معرفة هوية الشخص الذي كان داخل الكهف.

فكما كان يحدث أحياناً، أطلق الجنود النار على قاسم ومن ثم قاموا بإستجوابه. ولكن تلك الطلقات كانت قد أصابته بجروح بالغة، بحيث أنه لم يكن قادراً على الإجابة عن أي من الأسئلة التي طرحوها: من أنت؟ كيف تمكنت من الدخول إلى المستودع؟ هل أعطاك أحد ما رمز العبور؟ وإذا كان كذلك، كم شخصاً يعرف بهذا المستودع؟ ومن هم؟.

خرج قطيع الحمير من مركز الشرطة، وقطعوا جزءاً كبيراً
من المدينة، إلى أن وصلوا أمام منزل علي بابا.

وكإجراء إحترازي، نقل الأمريكيون الأسلحة من الكهف إلى مخبأ آخر. ومن ثم بدأوا بالتحقيق لكشف هوية مالك الشاحنة. بسبب حالة الفوضى الإدارية في بغداد، استغرق الكشف عن هوية مالك الشاحنة مدة أسبوع، وكان مالكها تاجر يدعى قاسم، الذي كان قد دفن قبل ثلاثة أيام بسبب المرض.

– بحال أنه كان مريضاً جداً، فماذا كانت تفعل شاحنته على مدخل الكهف؟ – سأل المحقق فهد "من الشرطة العراقية" علي بابا.

– في الواقع، سرق أحد اللصوص الشاحنة في مساء ذالك اليوم. – أجاب علي بابا بكل هدوء ممكن، وأظهر له ورقة إدعاء السرقة.

فلم يبقى شيئاً يقوله. لكن المحقق لم يقتنع، وأحس أن هناك شيء مريب جداً. وهكذا قال الأمريكيون أيضاً.

لم يكن لديهم أي دليل على أن علي بابا كان يعرف شيئاً عن الكهف، كما أنهم كانوا يعرفون أيضاً أن علي بابا لم يكن يعمل بالتجارة مع أخاه. ولكنه كان مشتبهاً به، ولم يريدوا أن يخاطروا في الحكم. فكان عليهم أن يعتقلوهم جميعاً، هو وعائلته للتحقيق معهم.

ولكن، علي بابا كان محبوباً ومعروفاً جيداً لأهل القرية، فمن الممكن أن يسبب إعتقاله بعض المشاكل. فأوصى المحقق فهد أن يتم إعتقاله سراً، وبأقصى حد ممكن من الهدوء. وعرض عليهم خطته، وكانت كما لو أنها أخذت من حكايات ألف ليلة وليلة.

ألا تعتقدون أن هنالك الكثير من تجار الزيت؟ ألم تروا أن العديد منهم، وبسبب الصعوبات للحصول على البنزين، قد عادوا إلى الطرق القديمة في إستخدام الحمير لنقل البضائع؟ أليس ذلك صحيحاً؟ – معلقاً المحقق فهد، ويريد أن يظهر جدارته أمام الامريكيون. فسوف نتخفى أنا ورجالي بلباس ومعدات تجار الزيت، وسوف نحضر لكم علي بابا وزوجته

وأولاده الأربعة من دون أن يشعر أحد بذلك.

فضحك الأمريكيون على خطة فهد، ولكنهم وافقوا عليها. ففي حال أنه فعل ما قال، فسوف يزوده الأمريكيون بالشوكولاته، طوال الوقت الذي سيمكث فيه الامريكبين. كان فهد يحب الشوكولاته كثيراً.

إشترى المحقق فهد ثمانية جرار كبيرة، وحمّلها على أربعة حمير، وكان يتظاهر بأنها مليئة بالزيت. في الواقع، كان هناك جرتان فقط مملوءة بالزيت. أما الجرار الأخرى فقد إختبأ بداخلها ستة رجال من الشرطة. خرج قطيع الحمير من مركز الشرطة، وقطعوا جزءً كبيراً من المدينة إلى أن وصلوا أمام منزل علي بابا، وكانت الشمس قد غربت وبدأ البرد يشتد. المحقق فهد، متقمصاً شخصية بائع زيت، طرق باب المنزل وقال لعلي بابا، أنه كان صديق قديم لأخيه قاسم، كان قد تعرف عليه من خلال التجارة؛ وكان قد ذهب إلى منزله، ولكن قبل أن يطرق الباب، أخبره بعض الجيران بأنه قد توفى وأن عائلته تعاني كثيراً لفقدانه. ولذلك طلب منه المبيت تلك الليلة لأنه لم يرد أن يزعج عائلة المتوفى. وأن الوقت قد تأخر ويجب عليه أن يكمل طريقه إلى الكاظمية في صباح اليوم التالي لبيع الزيت.

ـ فأنا لا أثق بالشرطة، كما تعلم. قالها فهد محاولاً إقناعه، فإذا قمت بترك الحمير في الشارع فإنني أخاف أن يستولوا على البضاعة. فأنت تعلم كم هو من الصعب الحصول على الزيت في هذه الأيام. وبالنسبة إلي، فإنه يعني كل شيء، فزوجتي وأولادي السبعة ينتظرونني في المنزل، لأعود إليهم بالنقود من بيع الزيت وأوفر لهم الطعام. ولإيضاح كلماته، أخذ إبريق الكيل، وملئه بالزيت. وقال: لحسن ضيافتك لي، فإنني سأملئ جرة المطبخ عندك بالزيت.

ومن بعد كل هذه العبارات، إقتنع علي بابا على إستضافة التاجر في منزله، وأدخله إلى فناء المنزل، وأتجه إلى

الإسطبل ليدخل الحمير والزيت، وبعد أن إنتهوا من ذلك، دعا علي بابا التاجر إلى بيته.

— رباه، لا لا، لا أريد أن أزعجكم، فأنا أفضل بالبقاء هنا في الإسطبل، مع الحمير. لا تقلقوا بشأني فأنا تعب جداً وسأخلد إلى في غضون ثوان.

تعجب علي بابا كثيراً لأن التاجر رفض دعوته، ولكنه لم يلح عليه كثيراً بالدخول إلى المنزل معتقداً أنه يفضل البقاء بالقرب من بضاعته الثمينة ليراقبها.

فدخل علي بابا إلى المنزل وأخبر زوجته مرجانه بكل ما حصل، وكانت في المطبخ تحضر الطعام، وأظهرت الزوجه بأنها كانت راضية عن القرار الذي إتخذه زوجها لإستضافة التاجر.

— وقالت الزوجة: عندما أنتهي من الطبخ، سأقدم بعض الحساء للتاجر؛ بحيث منع علي بابا أولاده الذهاب إلى الإسطبل لكي لا يزعجوا التاجر. وبعدها خرج علي بابا في مأمورية.

— لا تتأخر كثيراً فالعشاء على وشك أن يجهز، قالت له زوجته ذلك عندما رأته يغادر المنزل.

وعندما إنتهت من الطبخ، حضرت وعاء من الحساء وذهبت لتقديمه إلى التاجر، ولكن عندما إقتربت من الباب، سمعت بأشخاص يهمسون. فاقتربت ببطء وحذر.

— سمعت صوت رجل يتمتم: ننتظر إلى أن يخلد جميعهم إلى النوم لنقوم بعملنا.

— ولكنه ليس مريحاً على الإطلاق المكوث داخل الجِرار؛ كان يشتكي أحد الشرطة المختبئين للمحقق.

— هشششش! هدوء، هدوء، هل تريد أن يكتشفوا أمرنا؟

ولكي لا يظهر كالأحمق، ولكي ينسى الأمريكيون أمر علي بابا وعائلته، قال للأمريكيون أنه قد تعقدت الأمور بعض الشيء، ولذلك كان من الواجب قتلهم جميعاً.

بهذا إكتفت مرجانه لتكون متأكدة بالذي كان يحدث. فذلك الرجل لم يكن تاجراً، وإنما كان شخصاً ينوي خطفهم تلك الليلة، وليصبحوا في رحمة الله! ماذا كان عليهم أن يفعلوا؟؟ فتلك الحادثة أعادت إلى ذاكرة مرجانه القصة المشهورة للأربعين حرامي اللذين إختبئوا داخل الجِرار.

– إذاً، سأفعل كما فعل بطل القصة! وسأجعلهم يقعون في المصيدة! قالت ذلك من بعد أن سيطرت على خوفها.

وبهدوء تام، عادت إلى المطبخ، وبدلاً من وعاء الحساء، أعدت طبق كبير من الطعام، ووضعت في الطبق، كل الطعام الذي كان موجوداً لعشاء العائلة في ذلك المساء. ومن ثم ذهبت وأحضرت مخدراً؛ الذي كانت تستخدمه كمهدء ومخفف للآلام، وقامت بوضع جرعات صغيرة في الطعام. ومع هذا الطبق الكبير والشهي ذهبت إلى الإسطبل، ولكن قبل أن تقترب أصدرت بعض الضجة لكي يسمعوا وصولها.

– أيها التاجر! لقد أحضرت لك القليل من الطعام للعشاء، هل يمكنني الدخول؟

سمعت صوت خطوات سريعة؛ بحيث عاد الثعالب إلى مخابئهم.

– نعم نعم، لحظة واحدة... إنني أبدل ملابسي...

كان عذراً بطبيعة الحال، فمن سيبدل ملابسه لينام داخل إسطبل شديد البرودة؟

– يمكنك الدخول، قال التاجر المزعوم.

دخلت مرجانه حاملة الطبق، وعندما رأى المحقق فهد، الطبق الذي قدمته إليه، نظر إليها مذهولاً من كرم هؤلاء الناس.

– إلى أين أنت ذاهبة أيتها السيدة بكل هذا الطعام؟ هذا طعام لعشرة أشخاص!!

– قال لي زوجي بأنك تعب جداً، وغداً في الصباح الباكر ستسافر إلى الكاظمية، والتي تبعد عشرون كيلومتراً عن هنا. فعليك أن تأكل جيداً لتقوى على السفر.

‏– ولكن هذا كثير جداً.

‏– في منزلنا، نحب أن نعامل الضيوف كما لو أنهم كانوا أمراء. ونشعر بالفخر بالقيام بذلك، ويجب أن لا تدع شيئاً من الطعام، لأننا في هذا الحال سنكون مستائين جداً.

‏– لا شيء في نيتي أبعد من الإساءة إليكم. قالها المحتال مع قليل من الندم.

‏– هنيئاً لك الطعام وأحلاماً سعيدة. غداً سأعود لآخذ الصحون والطبق.

خرجت مرجانه وأغلقت باب الإسطبل، وكلها أمل أن يسير كل شيء كما هو مخطط له.

جاء علي بابا، وأخبرته زوجته بالذي إكتشفته عن التاجر المحتال، وعن الذي قامت بفعله. فإذا سار كل شيء كما هو مخطط له، وتقاسم التاجر المحتال الطعام مع رجاله، فإنه وبعد وقت قصير سوف ينامون كلهم نوماً عميقاً، وتفر العائلة.

وهكذا حدث. في الواقع، شارك المحقق فهد العشاء مع رجاله، تماماً كما تصورت مرجانه، وغط كل الرجال في نوم عميق، حتى أنهم لم يسمعوا أي من الأصوات عند فرار عائلة علي بابا من المنزل، وبحيث أنهم أخرجوا الحمير من الإسطبل وإستخدموها للفرار مع أثاث المنزل. ومن جديد، أنقظ ذكاء مرجانه العائلة من أزمة حرجة.

وفي اليوم التالي، وعندما إستيقظ المحقق فهد ورجاله، وجدوا المنزل فارغاً، وعثروا على رسالة مكتوب فيها: "بصحة وعافية!!".

الهروب، بالمساعدة القيمة للحمير الأربعة في نقل أثاث المنزل.

وشعر المحقق بأنه قد خدع، فغضب جداً، ولكنه كل ما فكر بما حدث، كان يهدأ مثمناً ذكاء تلك السيدة. إلى أن بدا له الأمر مضحكاً. كان يستحق ما حصل له، لأنه أراد إيذاء الفقراء. ولكي لا يظهر كالأحمق، ولكي ينسى الأمريكيون أمر علي بابا وعائلته، قال للأمريكيون أنه قد تعقدت الأمور بعض الشيء، ولذلك كان من الواجب عليهم قتلهم جميعاً؛ وأنهم أجهزوا عليهم جميعاً ولم يشعر بهم أحد من الجيران.

ومن بعد هذه الكذبة، التي تقاسمها هو ورجاله، الذين لم يريدون أن يظهروا كالحمقى أيضاً. وهدأت مخاوف المحقق فهد، وكان ضميره راضياً تماما. ولكن ليس هناك شوكولاته، قال الأمريكيين."لأن قتلهم لم يكن ضمن الاتفاق" فأجاب "إلا بوجود أسباب قاهرة". الجملة التي سمعهم يرددونها كثيراً.

مع مرور الزمن. هرمَ علي بابا ومرجانه، وعاشوا حياة رديئة، ولكن بهدوء، في الاردن. إلى أن جاءتهم المنية، ليجدوا السلام في الآخرة، لأنهم أوفوا بتعاليم دينهم، ولم يؤذوا أحداً، وحرصوا دائماً على مساعدة المحتاجين.

# مصباح علاء الدين السحري

كان علاء الدين صبياً من أسرة بسيطة، كان في الثانية عشرة من عمرة وكان محب للحياة، فقد توفى والده في الحرب، وكانت والدته تعمل في حياكة الملابس لدى أحد الخياطين. كانوا يعيشون في حي الرصافة؛ في الحي القديم لبغداد وبالقرب من نهر دجلة. المدرسة التي كان يذهب إليها، كانت قديمة وباردة، وكانت جدرانها عارية، ولكنها لم تخلوا يوماً من الصورة الكبيرة للرئيس، وكان هناك بعض النوافذ المكسرة، والتي لم يقم أحداً بتغييرها منذ عدة أشهر. والمعلمة، كانت إمرأة طويلة القامة وسمينة، وعلى الرغم من مشاكسة الطلاب، فإنها وفي كثير من الأحيان لم تكن توبخهم على ذلك. وكانت دائماً تبدو متعبة، ولكن علاء الدين والطلاب الآخرين لم يفهموا لماذا هي كذلك! فعلى العكس فهم لديهم الرغبة في الجري والقفز واللعب! وفي أحد المرّات، تغيب أحد الطلاب عن المدرسة، ولكنه ومنذ ذلك اليوم، لم يعد إلى المدرسة مرة أخرى! ومن ثم، ومن دون وعي عن الذي قد حصل، توقف اللعب وإمتلئت النظرات بظلام داكن السواد. سأل علاء الدين والدته عن السبب الذي جعل ذلك الصبي يتوقف فجأة عن

الذهاب الى المدرسة؟!، وكان دائما يحصل على نفس الإجابة: "لقد مات من الجوع، الخوف أو الحزن". ولأيام قليلة، كان علاء الدين صامتاً وحزيناً، ولكن سرعان ما عادت إليه الرغبة في القفز واللعب.

أحياناً، عندما كان يخرج الطلاب من المدرسة، كانت تذهب مجموعة من الأطفال إلى المستنصرية؛ التي كانت في فترة العباسيين، عبارة عن مكان إقامة لسلالة قديمة من الخلفاء اللذين قطنوا بغداد، وكان هناك إحدى أهم الجامعات، والتي كان يدرّس فيها، الأكثر تقدماً في علم الفلك والصيدلة والطب. كانوا يتسللون إلى الفناء المركزي ويختلسون النظر من خلال نوافذ الفصول الدراسية.

كثيراً من الأحيان ومن بعد الظهيرة، كان علاء الدين وأصدقائه يصعدون على سطح المدرسة، ويقضون وقتاً طويلاً في التأمل والنظر إلى النهر. بحيث كان يقسم نهر دجلة المدينة إلى قسمين، وكان هناك عشر جسور للعبور من جانب إلى آخر، والتي كانت دائماً مزدحمة بالسيارات والشاحنات والدراجات والعربات... تلك الجسور التي دمرتها الحروب مراراً وتكراراً، والتي وفي كل مرّة، كان يعيد بناؤها سكان بغداد الصامدون. ومن هناك، كان غروب الشمس يغمر أسطح المنازل ومآذن المساجد باللون الأحمر. وفي إحدى الليالي ومن دون أن يدركوا، تأخر الوقت ونزل الليل وهم جالسون هناك، وعادوا إلى منازلهم من بعد منتصف الليل؛ وكانت أمهاتهم قد قلقن عليهم كثيراً بسبب تأخرهم.

ـ لقد سبق وأن قلت لك ألف مرة، أنني لا أريدك أن تدور في الشوارع إلى هذا الوقت، صرخت والدة علاء الدين، في الوقت الذي خفض علاء الدين عينيه، تائباً.

بالإضافة إلى الساعات التي كان يقضيها في المدرسة، كان علاء الدين يحب الذهاب إلى السوق، حيث كان يملأ أجيابه بفائض الفواكه والخضروات.

المدرسة التي كان يذهب إليها، كانت قديمة وباردة، وكانت جدرانها عارية، ولكنها لم تخلوا يوماً من الصورة الكبيرة للرئيس، وكان هناك بعض النوافذ المكسرة، والتي لم يقم أحدٌ بتغييرها منذ عدة أشهر.

وكان دائماً يراقب العمال والتجار؛ الحداد الذي يطاوع قطع الحديد أو الإسكافي الذي يرقع الأحذية أو الكاتب الذي يكتب الرسائل للأشخاص اللذين لا يعرفون الكتابة. فهو كان يريد أن يتعلم الكثير في المدرسة، لكي يستطيع كتابة الرسائل لمن يشاء.

في المساء، وبعد تناول العشاء المعتاد مع والدته، كان يذهب علاء الدين ليتمشى على ضفة نهر دجلة، وكان يراقب المطاعم وهم يقومون بشوي الأسماك. ومن ثم كان يذهب إلى شارع أبو نواس، من على جسر الجمهورية إلى جسر بغداد المعلق (14 تموز)؛ فقد كانت هذه أسماء بعض الجسور من عهد صدام، وما زالوا يسمونها هكذا. لم يأكل شيئاً من تلك الأسماك، ولكن الرائحة كانت تعطيه متعة خاصة؛ فكان يفتح أنفه إلى أقصى حد، ويتنفس بعمق، إلى أن تصل الرائحة تقريباً إلى معدته، وهكذا كان يشعر بسعادة. ومن ثم كان يسير إلى أن يصل إلى الميناء، حيث كان هناك نصب تذكاري لشهرزاد، بطلة حكايات ألف ليلة وليلة.

في إحدى الليالي، بالقرب من المياه، بينما كان يراقب أحد الصيادين، رأى شيئاً يلمع في الماء، فاقترب بحذر وأخذه، وعندما خرج من الماء أدرك أنه كان مصباحاً، لم يكن كبيراً وكان مصنوعاً من النحاس. وتتذكر القصة التي كانت تقصها عليه والدته عندما كان صغيراً لينام. "الآن، لا يوجد جان"، قال علاء الدين. ولكنه لم يستطع أن يقاوم رغبته، ففرك المصباح بلطف، ومن ثم بقوة أكبر. وفكر "على الاقل سيكون لامعاً أكثر، قبل أن أذهب إلى المنزل وأهديه لأمي". ولكنه كاد أن يموت من شدة الخوف عندما، فجأة بدأ المصباح بإصدار ضجيج من الداخل، وكأن بداخله ماء يغلي، ومن ثم إنطلق من المصباح دخان كثيف إلى أن، وفي النهاية، خرج له جني المصباح. "هذا ليس حقيقياً، فهذا يحدث في القصص فقط!" ثم فرك علاء الدين عينيه، وقرص خديه، ليتأكد من أنه كان

مستيقظاً وأنه لا يحلم، وشاهد بدهشة الجني، الذي ظل جالساً أمامه.

– سيدي، قال له الشيء الغريب في حين كان ينحني برأسه، أشكرك على إخراجي من الظلمة. فلم أخرج من المصباح منذ مئات السنين!

– هل أنت حقاً جني المصباح أم أنني أحلم؟ سأله علاء الدين، وكان ما يزال خائفاً بعض الشيء. لا، أجابه الجني، إنه ليس حلماً، فالجن موجوداً منذ بداية العالم، وسنبقى موجودين دائماً. ومهمتنا هي خدمة أسيادنا.

– خدمتي أنا؟ متعجباً علاء الدين، ولم يكن يصدق ما قد سمع، كيف يمكنك أن تخدمني؟

من ثم، قال الجني: بإمكاني أن أحقق لك ثلاث أمنيات، ولكن لا يجب أن تكون هذه الأمنيات كبيرة ومهمة جداً، لأنني لست من الدرجة الأولى.

– ماذا تعني بأنك جني ليس من الدرجة الأولى؟

– هذا سهل جداً. تماماً مثل فرق كرة القدم، هناك فرق من الدرجة الأولى والثانية والثالثة....، وعالم الجن يسير بنفس الطريقة، هناك جان من درجات مختلفة، ومن خلال أمنيات أسيادنا، فإنه وفي حال أن الأمنيات كانت أو تكون لتحقيق شيء مهم لرفاهية العالم، فإن درجة الجن ستعلوا.

– ومن الذي يقرر ذلك؟

– مجلس الأعيان للجان.

وكلما سمع علاء الدين أكثر، كانت دهشته تزداد. لا، لا يمكن أن يكون كل هذا صحيحاً. ولكن، وفي حال أنه كان صحيحاً؟ فإن أفضل طريقة كانت لمعرفة ذلك، أن يثبت له الجني من خلال تحقيق شيئاً ما.

– إذا طلبت منك أن تحقق لي شيئاً، فهل ستحققه لي؟

– إذا كان شيئاً صغيراً... نعم.

– صغيراً، إلى أي حد؟

- حسناً....، سأقول لك بعض الأشياء والتي لا يمكنك أن تطلبها، وهكذا ستفهم الذي أعنيه. مثلاً، ليس لدي السلطة على حياة وموت الأفراد، ولا أستطيع أن أنقلك إلى موقع آخر، ولا أستطيع أن أجعلك من الأغنياء ولا أن أخفي قاتلا أو منع الحرب...

فجلس علاء الدين ليفكر وسأل الجني:

- إذاً، ما الذي يمكنك أن تحققه؟

أجابه الجني: بإمكاني أن أمنحك العديد الأشياء، على شرط ألا تكون أشياءً غير عادية. ونصح الجني علاء الدين أن يفكر في حياته اليومية، والأشياء التي يقوم بها، والأشياء التي تقوم بعملها والدته والأصدقاء... ومن ثم، إتضحت الأمور لعلاء الدين، وكان عنده طلب.

- هل بإمكاني أن آكل سمكة مثل هؤلاء الناس الذين يأكلون هناك؟ سأل وهو يشير إلى مطعم قريب.

- طبعاً!

ولم ينتهي علاء الدين من لفظ تلك الكلمات، حتى أنه وجد أمامه طبق وفيه سمكة شبوط كبيرة ومشوية، مقسومة إلى نصفين ومجهزة بالملح والتوابل، وكانت رائحتها شهية جداً.

- يا إلهي، صارخاً، ومن دون إنتظار بدأ في أكل السمكة.

وبعد مرور وقت قصير وهو يأكل، وفي حين كان حذرًا لكي لا يحرق أصابعه، تنفس بعمق وفكر أن يأخذ النصف الآخر من السمكة إلى والدته. وفي الواقع، كانت معدته قد إمتلأت. رفع رأسه ونظر إلى الجني؛ الذي إبتسم راضياً إلى جانبه.

- وإذا طلبت منك شيئاً آخر، هل تستطيع أن تلبيه لي؟ من ثم شرح له الجني كيفية عمل القوانين العامة للأمنيات. يمكنه أن يطلب ثلاثة أمنيات، كما كان الحال دائما.

- أو أنك لم تقرأ أبداً أي من الحكايات؟ منتقدًا إياه.

فرك علاء الدين عينيه، وقرص خديه، ليتأكد من أنه كان مستيقظاً وأنه لا يحلم، وشاهد بدهشة الجني، الذي ظل جالساً أمامه.

وبالإمكان طلب الأمنيات الثلاث في الوقت ذاته، أو واحدة تلو الأخرى. ومع ذلك، فإن منح الأمنيات لا يكون بشكل دائم أو في أي وقت، في قول آخر، في حال أن تطلب الأمنيات الثلاث، فإنه لا يمكنك أن تطلب أي شيئاً آخر إلا بعد مرور ثلاثة أشهر على ذلك. فعلي ان أستجمع قواي وأعيد شحن البطاريات.

كان علاء الدين صبياً حذراً، وفضل أن يفكر جيداً في أمنياته الاثنتين التاليتين. وقال علاء الدين أنه ليس بحاجة إلى شيء آخر في الوقت الراهن، وطلب من الجني أن يعود إلى المصباح، وتوجه الصبي مسرعاً إلى منزله مع هذا الشيء الثمين، حاملاً إياه مع نصف السمكة الآخر. وعندما وصل إلى المنزل ورأت والدته السمكة وكانت لا تزال ساخنة، سرّت بها كثيراً. وقال علاء الدين لوالدته، أن أحد المطاعم أعطاه هذه السمكة، فصدقته الأم الطيبة. فلم يشأ أن يخبرها بقصة المصباح، وفضل أن يبقيه سراً.

في تلك الليلة، لم يكن علاء الدين قادراً على النوم جيداً. وفي اليوم التالي، في المدرسة، قص علاء الدين سره على أفضل صديق لديه "جميل"؛ جميل الذي كان قد رأى أخاه الأكبر وهو يموت؛ عندما إنفجرت قنبلة بجانب الطريق أثناء عودته من المدرسة، والأخ الثاني، الذي كان قد ذهب للعب كرة القدم مع أصدقائه، ولم يعد من بعدها إلى المنزل. وكانت والدته مريضة. لأنها لم تكن تأكل إلا القليل، لتترك الطعام لجميل وأخاه الأصغر ليأكلوا. ومن ثم أصيبت والدته بالانفلونزا وأصبحت مريضة جداً. ولذلك سأل جميل علاء الدين:

— هل تعتقد أن بإمكان الجني الحصول على بعض الدواء لوالدتي؟

على الفور قال: إن هذا سبباً وجيها ليطلب أمنيته الثانية. وبعد الإنتهاء من المدرسة، ذهب علاء الدين وصديقه إلى منطقة

خالية بجانب النهر، وفرك علاء الدين المصباح وخرج الجني مرة أخرى، ومن ثم طلب علاء الدين من الجني أن يحضر له مضادات حيوية لوالدة جميل.

– يا إلهي، مضادات حيوية، مضادات حيوية، محتجاً الجني. تعتقدون أنه من السهل الحصول على هذا الدواء! فأنا لا استطيع أن أصنع من لا شيء، شاحنة مليئة بالمضادات الحيوية. فهذه مواد شحيحة، حتى بالنسبة للجان.

– فكم يمكنك أن تجلب لنا؟ متوسلاً إياه جميل.

– كحد أقصى لأمنية واحدة، بإمكاني أن أجلب خمسة صناديق.

فنظر كل منهما إلى الآخر فرحين، وقال علاء الدين كلمة واحدة:

– موافق!

وفي الحال، وعلى إحدى الصخور، ظهرت خمس صناديق كبيرة من المضادات الحيوية، فأخذها جميل بسرعة، وضم علاء الدين إلى صدره، ومن ثم ذهب مسرعاً إلى منزله.

والأمنية الثالثة لعلاء الدين، كانت عبارة عن ماكينة خياطة لوالدته. وكان يعلم أنه لا يسطبع أن يطلب أي شيء آخر إلا بعد مرور ثلاثة أشهر. وبهذه الماكينة إستطاعت والدته العمل بشكل أفضل وبسرعة أكبر. ولكن الخبر السار كان، أن والدة جميل قد شفيت بعد إستخدامها للدواء.

وبعد مرور ثلاثة أشهر، عاد علاء الدين بطلب أشياءً أخرى؛ ضمن حدود قدرات الجني طبعاً، فكان يطلب أشياء بسيطة للغاية مثل: صندوق من الفاكهة، ملابس أو المزيد من الأدوية لبعض الجيران المرضى والمحتاجين، خزانات صغيرة من البنزين التي كان يبيعها على أشارات المرور...

وكانت تمر الأيام والشهور، محفوفة بالمخاطر أثناء النزول إلى الشارع؛ ففي كل ركن وزاوية، السوق أو المسجد أو حتى أمام المدرسة، كان من الممكن أن تنفجر إحدى القنابل. ففي

بغداد، كان يجهل الناس كلمة "غداً"؛ ولذلك عاشوا أيامهم لحظة بالحظة.

قال الأمريكيين أنهم غزوا البلاد للإطاحة بالديكتاتور، لكنهم لم يغادروا من بعد ذلك، وإحتلوا البلاد، وقاموا بإجراء الإنتخابات لفرض سيطرة الحكومة، ولكن العنف على أرض الواقع لم يتوقف. وكأن أتباع بن لادن إغتنموا الفرصة لوضع قنابل في كل مكان! وبدلاً من أن تتحسن الأمور، أصبح كل شيء أسوأ من ذي قبل، وبصرف النظر عن القوات الأجنبية، كان هناك الجيش العراقي، وبالإضافة إلى ذلك، الميليشيات التي لا يُعرف من أين قد جاءت، اللذين خطفوا وقتلوا الناس. وشهد علاء الدين، العديد من أصدقائه اللذين تيتموا بسبب وفاة أو إختفاء أسرهم؛ ولأنهم لا يملكون شيئاً ليعتاشوا منه من بعد رحيل الآباء والامهات، سقطوا في أيدي العصابات والمجرمين، اللذين قاموا بإستغلالهم والاعتداء عليهم. وفي إحدى الليالي، إلتقى علاء الدين بجارة يتيمة في سنه، وكانت تشم الغراء بالقرب من إشارة المرور، فشفق عليها كثيراً. ولذلك، فإن الطلب التالي لعلاء الدين كان لمساعدة تلك الطفلة.

في المدرسة، وفي فصل علاء الدين، كان هناك عشرون طالب، أحياناً لم يكن يحضر سوى إثنين أو ثلاثة من الطلبة. وفي أحد الأيام، وبعد أن خرج علاء الدين من المدرسة، رأى سيارة تتوقف، وخرج منها أربعة رجال، وقاموا بخطف طفلة، خديجة؛ كانت تبلغ عشر سنوات فقط، وكان على والديها بيع المنزل والسيارة لدفع الفدية ليستردوها من الخاطفين.

كان علاء الدين يقوم بتقديم الطلبات إلى الجني، أربع مرات في العام، وكان قد إعتاد على ذلك، فكان دائماً يفكر جيداً في الطلبات التي يريد أن يحققها له الجني... وعلى هذا الحال مرّت بضع سنوات. في بغداد، مات العديد من الأطفال، بسبب الجوع الحصار، في حين كان لا يزال الدكتاتور ينعم

بالقصور، وأيضاً، بسبب الغزو والإحتلال الأمريكي والبريطاني. ومن جهة أخرى، لم يكن علاء الدين مهتماً فيمن يحكم البلاد، أكان الحاكم طاغية مع أوسمة، أو ملكاً مع تاج، أو حتى مدني منتخب، فالوضع سيكون سيئاً كما هو الحال... وفي أحد المرات، فكر علاء الدين أنه بحاجة إلى عطلة يذهب فيها إلى مكان ما في الغرب، لأن ذلك لم يكن عادلاً.

أخيراً، وبمساعدة من الجني، تمكن علاء الدين من الدخول إلى الجامعة؛ والتي لم تعد مرموقة وذات عزّ كما كانت في الماضي. الآن، قتل المعلمين كان يومياً، وظروف الدراسة لم تكن مستقرة، ومع ذلك، فإن علاء الدين إجتهد ودرس كثيراً ليصبح واحداً من أفضل طلاب القانون. وجميل أيضاً، قد أصبح شاباً، وكانت والدته بصحة جيدة، ويعود الفضل للدواء الذي كان يحضره الجني. وفي الوقت ذاته، كان جميل يعمل في مكاتب الثكنات العسكرية، بالقرب من مطار بغداد، فمن المؤكد أنه لم يكن يحب هذا العمل كثيراً، ولكن دراسته لم تسر على ما يرام، كما هو الحال لعلاء الدين، ولذلك كان عليه قبول أول فرصة عمل سنحت له. وبعد مدّة من الزمن، إستقال جميل من الوظيفة، وقال لعلاء الدين: على الأقل، أنا كنت محظوظاً، فهناك كثير من الناس العاطلين عن العمل، وكان قد تحدث كثيراً في هذا الشأن مع علاء الدين قبل أن يتخذ قراره. لكنه لم يكن يرى الأمور بوضوح، ولكنه إعترف بأن المعيشة كانت صعبة للغاية في ذلك الوقت، وكان عليه العمل في أي شيء. فبعض من معارفه إتهموه بالخيانة والتعاون مع المُحتل، ولكنه أجابهم: أنه إذا كان هؤلاء الناس هم أصحاب كل شيء!، فإن العمل في أي مكان سيؤدي إلى النتيجة ذاتها. وبطريقة أو بأخرى، فإنه يجب علينا كسب لقمة العيش، أليس كذلك؟.

والدته، وبهذه الماكينة تمكنت من العمل بشكل أفضل وبسرعة أكبر.

وعلى الرغم من أن الثكنة العسكرية كانت تعج بالقوات العراقية، وكان هناك كتيبة واحدة من الجنود الامريكيين، الذين وفي واقع الأمر، كانوا يديرون كل شيء كما يشاؤون. في بعض الأحيان، كان علاء الدين يذهب إلى مكان عمل صديقه جميل، ليصطحبه إلى ضفاف نهر دجلة، كما كانا يفعلان عندما كانوا صغار السن. في أحد الأيام، عندما كان علاء الدين ينتظر صديقه؛ بعيداً قليلاً عن المدخل، رأى سيارة جيب تخرج ويقودها أحد الجنود الأمريكيين. وتوقفت السيارة للحظة، للإلتفاف إلى الطريق الرئيسي، وحينها تمكن علاء الدين أن يرى بشكل أفضل: فقد كانت فتاة شابة، مستديرة الوجه، ولون بشرتها غامقة بعض الشيء، وعيناها كبيرتان جداً. ولاحظت الفتاة أن أحداً كان ينظر إليها، فنظرت إليه أيضاً. ومن ثم، وبدلاً من أن تنظر إليه بنظرات العدو الجافة والمتعجرفة، نظرت إلى علاء الدين بنظرات ناعمة وجميلة، والتي أسرت قلبه. وأذهلت هذه النظرات علاء الدين، وعندما خرج صديقه، لم يتوقف علاء الدين عن طرح الأسئلة: "من هي؟، ما هو إسمها؟، وبماذا تعمل؟، هل تخرج من هنا كل يوم؟، في أي وقت؟".

ـ الكثير من الأسئلة التي ليس لها إجابة! قال له جميل أنه لا يعرف أي شيء عن هذه الفتاة.

ومنذ ذلك اليوم، لم يستطع علاء الدين أن يتوقف عن التفكير بتلك الفتاة. وفي أحد الأيام، في الفصل الجامعي، إعترف لأحد زملائه بأنه يحب... زميله غاضباً:

ـ ماذا!!! تحب فتاة أمريكية؟ كيف إستطعت أن تفعل شيئاً كهذا؟ إنهم مجرمين من دون قلب ولا رحمة؛ هل نسيت الذي فعلوه بآبائنا وأصدقائنا؟

كان ينتمي ذلك الشاب إلى المقاومة، واعتقد علاء الدين أن زميله كان على حق، ولكن علاء الدين لم يستطع أن يتوقف عن التفكير بالفتاة الأمريكية. كان قد أحبها بجنون. وكان

يقول: من المؤكد أن يكون هناك بعض الأمريكيين الطيبين. وأصبح جميل "إله الحب" لعلاء الدين، فقدم إليه المعلومات التي أراد. فكانت تدعى تلك الفتاة سوزان، وهي من أصول إسبانية، كانت يتيمة، وهاجرت من المكسيك لتعيش في الولايات المتحدة، ولم تكن متزوجة.

— وماذا أيضاً؟ أخبرني المزيد عنها، فكل شيء كان يبدو قليلاً لعلاء الدين. — ما رأيك، سأكتب لها رسالة، فهل يمكنك أن توصلها إليها؟

وهكذا فعل، وفي مقدمة الرسالة، بعض الأبيات من قصيدة "أنشودة المطر" للشاعر السياب، مترجمة إلى اللغة الإنكليزية. وبينما كان ينتظر رداً، بدا إليه وأن العالم قد توقف، وأن الساعات أصبحت أطول من السنين، فكان يأكل قليلاً وأهمل الدراسة. وكأن الحب قد سيطر على كل جوارحه! ومرت الأيام ولكن لم يصله أي رد من محبوبته. ولذلك، إستدعى جني المصباح، وطلب منه أن يفعل أي شيء ممكن.

— ماذا؟ هل تعتقد أنني وكيل زواج؟ مجيباً إياه الجني، وكان غاضباً من طلبه هذا.

— ولكن، بمقدورك أن تفعل شيئاً لها لكي لا تتجاهلني.

— سأقدم لك نصيحة فقط. أن تصر على الشعر وقصائد الحب، لأن النساء تحب الغزل، حتى إن كانوا جنوداً.

وأتبع علاء الدين نصيحة الجني، وبعد مرور ثمانية أيام ولياليها الطوال، وفي كل يوم كان يبعث إليها بقصيدة، ومن دون أي رد، خرج جميل من العمل مسروراً، وتاركاً إبتسامة عريضة على وجهه.

— اليوم سألتي من تكون أنت، ومن أين تعرفها، وبماذا تعمل، وسألتني عن علاقتي بك أيضاً.

— وماذا قلت لها؟؟

— لقد رفعت من شأنك إلى السماء.

كان علاء الدين مبتهجاً. فتحدث جميل مع سوزان بخصوص

علاء الدين، وقال إنها كانت مهتمة بأمره.

ـ ومن ثم، سألتها فيما إذا كانت تريد أن تكتب لك شيئاً، وأجابتني، بأنها ستفكر في الأمر، وربما ستفعل.

وفي موجة من السعادة، قبّلَ علاء الدين صديقه سعيداً بالذي حدث، وبدأ في القفز والرقص.

ـ أنت مجنون حقاً، فقد قالت إنها ستفكر في الأمر...

ـ إن هذا يكفيني، أن تفكر بي... إن هذا يملأني بالسعادة.

وبالفعل، فلم يطل كثيراً تفكير سوزان، ففي اليوم التالي، كان جميل يحمل الرد. وكان في الرسالة ذات الأسئلة التي قامت بطرحها على صديقه جميل. وعندما عاد علاء الدين إلى المنزل، بدأ بكتابة رسالة طويلة، والتي تحدث فيها عن عائلته ودراسته وأحلامه....

ومنذ ذلك الحين، كانوا يتراسلون من خلال جميل، ودامت هذه المراسلات مدةٌ من الزمن بين علاء الدين وسوزان، إلى أن إتفقوا أن يلتقوا في إحدى مقاهي بغداد. بحيث إختار علاء الدين مكاناً محايداً، لا يوجد فيه الكثير من الأجانب لكي لا يقوموا بمضايقتهم، وليس مليء بالعراقيين فقط، لأنهم سينظرون بسوء إلى سوزان.

كان علاء الدين متوتراً جداً، حتى أنه كان في المقهى نصف ساعة من الموعد؛ كان جالساً على الطاولة وأمامه كأس من الشاي ويدخن الأرجيلة. وأخيراً، جاءت سوزان، بدا إليه وكأن السماء قد انفجرت في سيمفونية رائعة من الألوان. إختفت كل الأصوات، توقفت جميع الحركات. فهناك، لم يكن هناك أحد سواهما، الإثنان معاً. كانت الفتاة قد وضعت وشاحاً حول رأسها، لكي لا يراها أحد من معارفها ولعدم لفت الانتباه. وجلست أمام علاء الدين، وللمرة الأولى كان يراها عن قرب؛ فكان لون بشرتها غامقة قليلاً، ووجهها مستدير، وعيناها الكبيرتان.. تكاد أن تتكلم.

لقد مرّ الوقت بسرعة كبيرة. هل سنلتقي مرة أخرى؟

في البداية، شعر الإثنان بقليل من الخجل. في الواقع، ومن خلال الرسائل، كانوا قد عرفوا الكثير من الأشياء عن بعضهما البعض، ولكن اللقاء كان مختلفاً جداً... وقالت له سوزان أنها كانت مترددة بالمجيء حتى اللحظة الأخيرة. وأنها لم تخبر أحداً من زملائها في الثكنة عن هذا اللقاء، لأنها كانت خائفة بأن لا يتفهموا إرادتها ويسببوا لها المشاكل. حتى أنها هي ذاتها، لم تكن متأكدة ما إذا كانت متفهمة لما يجري.

وبدوره هو، أنا أيضاً، لدي بعض الزملاء، اللذين سيعترضون تماماً بأن أتحدث مع فتاة أمريكية. ومن ثم، عرض عليها الذهاب للمشي على ضفاف نهر دجلة، ووافقت على الذهاب. وبينما كانا يتمشون هناك، شعر علاء الدين بأمان أكثر، فلا أحد يستطيع أن يسمعهما، كانا ينظران إلى السماء وإلى ضفاف النهر؛ المهجورة والمليئة بالأوساخ. من ثم، بدأ علاء الدين بالحديث عن الماضي وعن أيام الطفولة، التي كان يقضيها مع أصدقائه على ضفاف النهر.

— في أحدى المرات، أساء إلي أنا وجميل أحد الأصدقاء، فقمنا بوضع بعض الكركم سراً في كأس الشاي خاصته. لأننا نقول عادةً من يشرب الشاب بالكركرم، لن ينمو شاربه، وكما قد رأيتي، فإننا نحن العراقيين نحب كثيراً أن يكون لدينا شارب.

إبتسمت في حين أنها كانت تستمع إليه بإهتمام، ولكنها لم تعكس الفرحة التي توقعها علاء الدين.

— تخيل لو كان وجهك مغمور تماماً بالشعر. ضحك علاء الدين، مظهراً أسنانه البيضاء، وليظهر لها أنه إنفجر من الضحك.

ومن ثم، بدأت بالحديث عن نفسها، فهي تعمل في تلك الكتيبة منذ عشرة أشهر، وأنها كانت تشعر بالوحدة لأنها كانت الفتاة الوحيدة داخل تلك الكتيبة. وفي كثير من الأحيان كان زملائها يضايقونها، وحتى أنه وفي إحدى المناسبات، حاول أحدهم

التحرش بها. وكان لديها رغبة كبيرة بالعودة إلى بلدها للعمل في شيئاً آخر.

– ولماذا تعملين كمجندة في الجيش إذاً؟

– لأنني كنت عاطلة عن العمل، وكنت بحاجة لأن أعمل في أي شيء. ولتصبح جندياً محترفاً، فإن هذا يعني أنك ستقضي نصف حياتك في الجيش. وإن معظم الأغنياء لا يخدمون ولا يعملون في الجيش. ومعظمنا هنا، ليس لدينا الكثير من المؤهلات العلمية، ولذلك إعتقدنا أنها ستكون فرصة جيدة للعمل... ولكننا أخطأنا. فيجب عليك أن تكون شخصاً مختلفاً عن الآخرين، لتعتاد على حياة الجنود؛ وهذا لا ينطبق عليّ.

– ماذا كنتِ تعرفين عن بلدي قبل أن تأتي إلى هنا؟ سأل علاء الدين.

– جئنا، لأن هذا البلد كان محكوماً من قبل دكتاتور قاسي جداً، الذي كان متحالفاً مع بن لادن، وأنهم معاً، يريدون نشر الإرهاب في جميع أنحاء العالم.

– ولكن هذا ليس صحيحاً!! معترضاً حديثها.

ومن ثم أوضح لها علاء الدين، أن صدام حسين في الواقع، كان دكتاتوراً قاسياً، ولكنه لم يكن متحالفاً مع بن لادن، وأنهم ينتمون إلى جماعات عرقية وتيارات إسلامية مختلفة جداً. ويأتي بن لادن من المملكة العربية السعودية؛ بلد صديق للأمريكيين ومعادٍ للعراق، وعلى أسس ودوافع غير معروفة قد تحالفوا. وصدام حسين لم يكن يمتلك أسلحة الدمار الشامل في وقت إعلان الحرب على العراق. نعم، كان لديه بعض الأسلحة في السابق، ولكنه كان قد إبتاعها من قبل الأمريكيين عندما كانوا أصدقاء.

في الواقع، إن الهدف الوحيد لهذه الحرب هو: السيطرة على نفط العراق... وأكمل علاء الدين قائلاً: السلام؟ إن السلام لا يعني لهم شيئاً. إذا لم يكن كذلك، أنظري إلى حالنا الآن. كل يوم هناك العشرات من القتلى في الطرقات، وإنتشرت

الجرائم وازداد الإرهاب. والآن نعم، إن بن لادن يسيطر على كل الميادين في العراق وفي العالم أجمع.

فسوزان لم تكن تعرف أي شيء عن ذلك، وأنها كانت داخل الثكنات العسكرية طوال الوقت، ولم تكن تخرج إلا للقيام ببعض الدوريات. أحياناً، شاهدت وسمعت أشياءً ليس لها صلة بما كان يقوله لنا الضباط؛ بأنهم جاءوا لينقذوا العراق، وأن العالم أجمع متفق على ذلك مع أمريكا، وأن العراقيين رحبوا وإستقبلوا الأمريكيين بأذرع مفتوحة... ولكن حدثت بعض الأمور التي جعلتهم يشكون في مصداقية مهمتهم، وأن هذه الشكوك قد تحولت إلى شعور بالخزي والعار.

كان الوقت قد تأخر، وكان على سوزان العودة إلى الثكنة. نظر علاء الدين إليها بحنان، وقال: "لقد مرّ الوقت بسرعة كبيرة. هل سنلتقي مرة أخرى؟"

والتقوا مرّات أخرى، ومن خلال ساعي البريد الشخصي؛ جميل، هكذا كانت تلقبه سوزان، واصلوا اللقاءات، والمشي على ضفاف النهر، الذي أصبح عادةً لديهم.

وفي كثير من الأحيان، كان الحزن على الناس الذين لقوا حتفهم في الهجمات الإرهابية، يشعرهم بالعجز عن التغيير. وسوزان كانت خائفة جداً. علاء الدين صامتاً؛ نظر إلى أعلى، وأخذ بيدها بقوة، ومعاً مشوا بصمت. وفي كثير من الأحيان، كان يمكن رؤية أعمدة الدخان المتصاعد إلى السماء، بسبب حريق ناجم عن أحد الإنفجارات.

وبعد معرفة كل منهما الآخر، جاء الإحترام، ومع الإحترام جاءت الثقة، ومع الثقة والإحترام، جاءت المحبة. وسوزان أيضاً أحبت ذلك الشاب الخجول، البسيط والذكي، والذي إكتشفت من خلاله الوجه الآخر لواقع بلده وشعبه. وبعد معرفة حقيقة الواقع، تزايد خوف سوزان، وتزايد رفضها لزملائها الجنود، الذين كانوا قليلاً ما يتحدثون في أمور خارج نطاق العمل.

ذلك اليوم، سماء تلمع فيه النجوم وضوء القمر فقط.
لا مزيد من الطائرات. لا مزيد من القنابل.

في أحد الأيام، وصل نبأ إلى الثكنة العسكرية التي تعمل بها سوزان، أن مهمتهم قد إنتهت وأن عليهم مغادرة البلاد. وعندما علم بذلك علاء الدين، عرض عليها البقاء. في حين، بدا لها المشهد قاتماً في بغداد، وشعرت برعشة في جميع أنحاء جسدها؛ ولكنها أحبت علاء الدين، ومن ثم وبعد تفكير عميق، وافقت على البقاء. ففي بلدها لم يكن لديها عائلة، ولذلك، كانت دائما تشعر بالغربة. "غُربة على غُربة، ولكن هنا، لدي رجل يحبني"، كانت تفكر. ولم تعد إلى الولايات المتحدة.

وإستضافت والدة علاء الدين سوزان، وأحبتها كما لو كانت إبنتها. ومنذ ذلك الحين، كانت طلبات علاء الدين للجني مرة كل ثلاثة أشهر، وكان يطلب علاء الدين من الجني أشياء بسيطة وضمن حدود مقدرة الجني، فلم يكن يريد أن يضايق الجني بطلبات كثيرة ومعقدة. وبهذا، كان الجني سعيداً، لأن سيده كان يطلب أشياء سهلة عليه، مثل: بعض الكتب أو بضعة أمتار من القماش أو الخيوط للحياكة... بحيث، كان الجني مقتنع أنه ومع هذا الشاب الحكيم والكريم، كان يجني الكثير من النقاط والتي من شأنها رفعه إلى درجات أعلى. وهكذا حصل، إرتقى الجني لدرجات أعلى، سواءً من خلال مساعدة الجني أو ربما مجرد نتيجة لصبر علاء الدين. أنهى علاء الدين دراسته بمؤهلات جيدة جداً. وتعلمت سوزان الحياكة على ماكنة والدة زوجها القديمة، وأصبحت ماهرة جداً في الحياكة. والمصاعب التي يواجهها البلد لم تنتهي. كان من الصعب النهوض بعد كل ذلك الدمار، لكن مساعدتهم لبعضهم البعض لم تتوقف، وكان ذلك مهماً جداً. وبفضل سوزان، عرف علاء الدين الكثير عن تلك البلاد المسمى بأمريكا، وسوزان أيضاً، التي كانت معرفتها تزداد يوماً من بعد يوم عن بلاد ما بين النهرين. وأنجبوا صبيين وفتاة، وفي المساء كانوا يصعدون جميعاً إلى سطح المنزل لمشاهدة السماء.

السماء التي تنتظر ذلك اليوم، التي تلمع فيه النجوم وضوء القمر فقط. لا مزيد من الطائرات. لا مزيد من القنابل. لا مزيد من الدماء.

وما إلى ذلك، ومن بعد جمع الكثير من النقاط، ربما سيصل الجني إلى أعلى درجة ممكنة، وذلك لخدمته طوال قرون عدة. ومع جني من الدرجة الأولى، سيتمكن علاء الدين من صنع العجائب.

# النهاية